Mesa de Oro

La guerre des mondes

Amélia ORS

Mesa de oro

La guerre des mondes

Fantasy

Loi n°49-956 du 16 juillet 1949 sur les
publications destinées à la jeunesse,
modifiée par la loi n°2011-525 du 17 mai 2011.

© 2022 Amélia Ors
Édition : BoD – Books on Demand, info@bod.fr
Impression : BoD – Books on Demand, In de Tarpen 42,
Norderstedt (Allemagne)
Impression à la demande
Illustration : Amelia Ors

ISBN : 978-2-3224-3547-0

Dépôt légal : Novembre 2022

Heureux ceux qui ne doutent pas d'eux et qui allongent au courant de leur plume tout ce qui leur sort du cerveau ; moi j'hésite, je me trompe, je me dépite, j'ai peur.

Gustave Flaubert

PROLOGUE

Comme toutes les histoires, il faut bien une introduction : c'est pour cela que je vais vous planter le décor.
Pour commencer, vous devez connaître mon nom : Rosalie PARAISO, Rose pour les intimes.

En apparence, je suis jeune lycéenne banale de 17 ans, plutôt bonne élève, sans histoire et sans beaucoup d'amis et part « sans beaucoup » je veux dire, une seule en vérité.
Elle se prénomme Léana, mais vous me verrez souvent l'appeler « Lé » ; elle et moi ce n'est pas une relation qui date d'hier, nous nous connaissons depuis toujours en fait, littéralement. Nos mères ont accouché à un jour d'intervalle et se sont retrouvées dans la même chambre à la maternité et ont vraiment sympathisé. Depuis ce jour, Lé et moi, on ne s'est plus quittées de la crèche au lycée, en passant par l'école primaire et le collège nous avons toujours été dans les mêmes classes, pour notre plus grand bonheur. Bon... Peut-être plus le mien, parce qu'elle me défend toujours quand j'en ai besoin face aux sales pestes du lycée de secteur pourri où nous étudions.

Elle et moi sommes réellement des opposées : elle est brune à peau mate et je suis blonde avec une peau plus blanche qu'un cachet d'aspirine. Son caractère est bien trempé, elle ne se laisse jamais marcher sur les pieds et dit tout ce qu'elle pense sans se soucier des conséquences, tandis que moi, j'ai tendance à me faire très discrète n'osant dire les choses pour blesser le moins de monde possible et éviter le conflit à tout prix.

Certains pensent que nous n'avons rien en commun et que notre amitié est vouée à l'échec, mais je préfère nous voir comme la personnification du Yin et du Yang. J'aurai l'occasion de vous reparler de Lé plus tard.

Quand je vous disais que les intimes m'appelaient Rose et bien pour tout vous dire, ils ne sont que trois... Lé bien sûr, c'est une évidence ainsi que sa mère parce qu'elle me connaît très bien, et que je passe énormément de temps chez Léana et sa famille.

La troisième personne se trouve être mon père ou plutôt mon géniteur, comme je l'appelle dans mon journal et mes conversations avec ma meilleure amie. Je le prénomme comme cela, parce que lui et moi ne sommes pas vraiment proches, ou plus vraiment proches, devrais-je préciser. Bon allez-y, c'est le moment de sortir les mouchoirs, je vais vous raconter l'histoire tragique de ma relation avec mon père.

Durant les sept premières années de mon existence

très heureuse, nous avons vécu comme une famille modèle, lui, ma mère et moi. La petite famille parfaite : un mariage heureux entre mes parents, une petite fille en bonne santé, chacun un travail qui rapportait suffisamment d'argent pour que nous puissions vivre confortablement, des vacances au soleil tous les ans et surtout beaucoup d'amour.

Mon père, psychologue, travaillait depuis notre maison en banlieue où il s'était aménagé un cabinet dans l'annexe qui donnait directement sur la rue. Maman, elle, travaillait comme médecin à l'hôpital de la ville et m'emmenait donc à l'école tous les matins avant de prendre son service et c'est papa qui revenait me chercher à 16 h 30.

Un soir, mon père a eu un problème avec un patient au cabinet, il a donc demandé à ma mère de venir me chercher, exceptionnellement, ce qu'elle a bien sûr accepté. Bien qu'étonnée de la voir à la sortie de l'école, j'étais heureuse. Maman et moi avions l'habitude de parler des anges, ces petits êtres qui veillaient sur nous en permanence afin que la vie se déroule bien. Et c'est ce dont nous étions en train de parler lorsque l'accident qui a ruiné ma relation avec mon père est survenu.

Je tenais la main de maman pour traverser le passage pour piétons pour nous rendre au parking de l'école afin de rejoindre la voiture pour rentrer voir papa. Nous discutions et rions de bon cœur comme une mère et sa fille qui ont toute la vie devant elles.

C'est à ce moment-là que nous avons entendu un

bruit assourdissant ; les pneus d'une voiture qui crissaient sur le bitume et un moteur qui rugissait.

Nous avons eu juste le temps de tourner la tête pour voir un véhicule foncer dans notre direction ; il n'avait manifestement pas l'intention de s'arrêter, peu importe qui serait sur son passage. Dans une seconde d'instinct maternel et protecteur, maman réussit à me repousser. La force qu'elle mit dans ce geste désespéré me projeta violemment au sol, ma tête heurta brutalement le trottoir et je perdis connaissance...

Lorsque je repris mes esprits, j'étais en pédiatrie à l'hôpital où travaillait ma mère, papa était au pied de mon lit en larmes.

Lorsque mon père, effondré, me raconta ce qui était arrivé à ma mère, le choc fut tellement grand que ses paroles me semblèrent lointaines, comme si j'étais noyée, plongée au fond de l'océan, un boulet attaché à la cheville et que mon père me parlait depuis la surface. Ses mots encore aujourd'hui me pèsent et me paraissent tellement irréels.

Je ne pouvais concevoir que ma mère soit morte...

Il était impossible que les anges dont nous parlions si souvent l'ait abandonné ; nous ai abandonnés...

Ce jour-là à l'hôpital, dans mon petit lit, je m'étais fait une promesse : plus jamais je ne me laisserais berner par un monde féerique qui n'est au final que mensonge et déception. Après cette promesse, ma vie est devenue très terre-à-terre ; fini pour moi les livres de science-fiction, les contes aux personnages magiques et bien entendu terminé les histoires de prince charmant. Tout ça, c'est du flan !

Suite à cela, mon père n'a cessé de se reprocher l'accident de ma mère, pensant que s'il était venu me chercher, comme convenu, se serait lui qui serait mort et pas elle.

Depuis ce jour, il s'est renfermé dans son travail, prenant toujours plus de patients et finissant ses journées de plus en plus tard. Et l'inévitable finit par se produire ; les échanges se sont fait de plus en plus rares et quand ceux-ci arrivaient, il se mettait à jouer les psychologues avec moi, interprétant chacun de mes mots qui n'avaient alors aucun sens caché.

J'ai fini par me rendre de plus en plus souvent chez Léana afin d'oublier mon fantôme de père.

Voilà, vous connaissez l'histoire pourrie de ma vie, mais bon, vous vous doutez bien qu'elle ne va pas s'arrêter là, sinon pourquoi est-ce que je vous raconterai tout cela ?

CHAPITRE 1

Comme je vous l'ai dit précédemment, je suis au lycée, je suis une élève sérieuse, car j'aimerai rentrer en médecine et devenir pédiatre, afin de venir en aide aux enfants qui, comme moi, ont subi des traumatismes.

Je suis donc une acharnée des études, très attachée à mes livres et étudiant jusqu'au petit jour afin de sortir du lycée avec la meilleure moyenne possible. Ce qui est bien avec la médecine et la science, c'est que je peux tenir ma promesse : rester terre-à-terre. En sciences, tout s'explique et tout est rationnel, aucune magie, aucun artifice.

Après avoir passé le week-end à étudier et à éviter mon géniteur, le lundi matin a repris, et ce, avec ma bonne vieille routine : réveil à 6 h 30, toilette, petit-déjeuner en lisant le journal sur mon smartphone (rien que pour embêter mon père qui m'avait abonné au format papier et que je recevais chaque matin), brossage des dents, un peu de maquillage, une coupe de cheveux vite fait bien fait, une tenue bien choisie la veille et me voilà prête pour une journée de cours bien remplie. Après une heure de préparation et plus que vingt minutes de marche pour rejoindre le lycée.

Comme tous les matins, j'attendais Lé devant chez elle, on ne peut pas dire que l'organisation soit son point fort, et comme chaque jour elle est en retard...

Comme d'habitude, Léana me parle de son petit ami du moment. Je l'écoute ne sachant trop comment la conseiller, vu que je n'ai jamais vraiment eu de garçon qui s'intéressait à moi. Alors je lui prêtais une oreille attentive en espérant que ça lui suffisait, et comme souvent, elle me disait qu'il fallait que j'arrête de mettre le nez dans mes bouquins et que je me trouve un mec, ce à quoi je répondais mollement par un sourire.
Le lundi matin était, une journée, chargé pour nous : deux heures de maths, une de physique suivie d'une heure et demie de sciences et vie de la terre et nous finissions la journée par deux heures de sport. Pour moi, se rajoutait une heure d'option : classe préparatoire de la première année de

médecine. Je finissais donc la journée vers 18 h et je rentrais seule à la maison, car Léana avait fini sa journée.

Comme je le disais, nos vies étaient plus que mêlées : Lé n'était pas très appréciée par les filles de l'école au vu de son caractère, mais plaisait énormément aux garçons au vu de ses formes généreuses et féminines. Quant à moi, je n'étais appréciée ni de la gente féminine, ni de la gente masculine : les filles ne m'appréciaient pas, parce que j'étais discrète et qu'à leurs yeux, je leur paraissais étrange ; les mecs ne s'intéressaient pas à moi, car à côté de Léana, je n'étais pas assez féminine à leur goût.

Donc, quand elle n'était pas avec un garçon, nous passions tout notre temps ensemble. Les journées à l'école semblaient alors moins terribles et j'évitais de penser à notre séparation après la fin du lycée.

Ce lundi se passa relativement bien, Léana collée à son mec, j'en avais profité pour réviser mon cours de la classe préparatoire de médecine du soir. J'étais prête et j'avais très envie d'aller dans ce cours grâce auquel je m'approchais petit à petit de mon projet professionnel.

À 17 h, quand je me rendis dans la salle de classe,

je fus la première à m'asseoir, et la salle ne tarda pas à se remplir. Nous attendîmes dans le brouhaha des conversations que le professeur vienne dispenser son cours. Au bout de vingt minutes d'attente, les esprits des élèves commençaient à s'échauder, émettant vivement leur envie de rentrer chez eux.

Au moment où un petit groupe de cinq élèves s'apprêtait à quitter la salle, le directeur fit son apparition, ce qui fit taire immédiatement les conservations et revenir le calme dans le groupe.

Il nous annonça que notre professeur venait de tomber malade et que le cours d'aujourd'hui était annulé. Nous pouvions donc rentrer chez nous. À peine eut-il le temps de terminer sa phrase que les autres étudiants du cours sautèrent de joie et quittèrent la pièce précipitamment sans prendre la peine de remettre les chaises sur les tables.

Je décidais de ranger la salle avant de partir, vu que personne ne m'attendait à la maison et pour éviter ce travail à la femme de ménage. Un groupe de filles ricanait au fond de la pièce, renversèrent quelques chaises en partant et lâchèrent un « chouchoute », me laissant seule, piquée dans mon orgueil par leur réflexion mesquine.

Après avoir remis en ordre la salle avec les remerciements de la femme de ménage que j'ai croisée en sortant, je mis les écouteurs sur mes oreilles. La musique était le seul moment d'évasion que je me permettais et qui, parfois dérogeait à ma promesse me faisant espérer le prince charmant.

A million Dreams de la comédie musicale « *Greatest Shoman* » à fond dans les oreilles j'entrepris les vingt minutes de marche qui me séparaient de la maison. Mon esprit vagabondait, imaginant des scenarii dignes de *Roméo et Juliette* ou de *Scarlett O'hara* et *Rhett Butler* dans *Autant en emporte le vent* du roman de *Margaret Mitchell*. Oui, j'étais une grande romantique, contrairement à ce que je voulais bien faire croire.

J'étais tellement perdue dans mes pensées que je n'aperçus pas immédiatement la jeep « grand cherokee », aux vitres teintées, qui semblait me suivre depuis deux cents mètres ou bien était-ce seulement mon imagination ?

Pour vérifier mon hypothèse, j'empruntais une petite route qui entrait dans un lotissement et finissant par un cul-de-sac, je savais que je pourrai couper par les jardins pour rejoindre la maison deux rues plus loin. Je sais, je me la jouais un peu James Bond girl, mais je commençais vraiment à avoir peur. Que pouvait me vouloir cette voiture ?

En tournant dans la ruelle qui rejoignait le lotissement et malgré mes quelques mètres d'avance, la voiture tourna elle aussi se rapprochant de plus en plus vite, au fur et à mesure que j'accélérais le pas.

Soudain, la voiture s'arrêta dans l'allée d'une maison ; je fus soulagée de me rendre compte que mon imagination c'était emballée. Je pris tout de même une minute pour regarder les gens descendre de la voiture. Je m'aperçus alors qu'ils avaient une drôle d'allure. Était-ce à nouveau mon esprit qui se jouait de moi ?

Les quatre types qui sortaient de la voiture avaient le teint blafard et des cernes rouge-vifs sous les yeux. Je me retournais précipitamment pour rentrer le plus vite possible à la maison, mais en un instant l'un des hommes de la voiture apparut littéralement devant moi. Il me bloquait à présent le passage, je fis volte-face, mais les trois autres molosses nous avaient déjà rattrapé et m'encerclaient de toutes parts.

Je fis alors la chose qui me paraissait le plus censé dans cette situation : hurler à pleins poumons.

Mais pourquoi personne ne m'entendait ?

Est-ce que j'allais mourir ici ?

Est-ce qu'ils allaient me kidnapper ?

Entre le stress et toutes ces questions dans ma tête, je commençais à en avoir le tournis et la nausée.

De près, ces hommes n'avaient vraiment rien d'humain ; on aurait dit qu'ils sortaient tout droit d'un film de zombies ou de vampires. En tout cas, s'ils n'étaient pas des créatures imaginaires, ils en avaient l'odeur et l'apparence.

L'un d'eux, le plus grand et le plus pâle des quatre s'approcha de moi ; il dégageait une odeur pestilentielle de charbon, de fumée et de transpiration qui me monta au nez manquant de me faire vomir.

Il approcha sa tête si près de la mienne que je pouvais sentir son haleine putride. Un frisson glacial me parcourut l'échine, je sentais que ma dernière heure était arrivée. Il approcha sa bouche de mon oreille et la lécha !? Ce type est vraiment un sociopathe !

Voyant mon air terrifié, il laissa échapper un rire satanique qui me tétanisa encore plus. La panique m'avait à présent totalement paralysée.

Il me chuchota alors à l'oreille un sourire

diabolique aux lèvres : « Tu as bon goût mon ange ». Les larmes roulaient sur mes joues.
Pourquoi, ces types me torturaient-ils ainsi ?
Pourquoi avaient-ils fait de moi leur cible ?

Le bourdonnement dans mes oreilles devenait de plus en plus fort, je les entendais tout autour de moi sortir des plaisanteries graveleuses, je distinguais à peine leurs paroles jusqu'à que l'un d'eux lâche à son acolyte : « Si on s'était occupé d'elle aussi rapidement que sa mère on y aurait pris beaucoup moins de plaisir ».

Ces mots me remplirent d'une haine si puissante qui malgré la peur était impossible à contenir : « De quel droit parlez-vous de ma mère comme ça ?! » Ma raison me disait que ces mots avaient signé mon arrêt de mort, mais mon cœur était fier d'avoir défendu ma mère malgré la terreur que je ressentais.

Mais au lieu de me tuer sur-le-champ, celui qui semblait être leur chef partit dans un fou rire : « Voyez-vous ça ! La princesse tente de s'affirmer, on dirait ! » Suite à son commentaire, je fus vite encerclée de rires tout droit sortis de l'enfer, qui me glacèrent le sang.

Soudain, ils cessèrent tous de rigoler, le chef me lança un regard assassin, cette petite lueur meurtrière m'annonça que ça y est, j'allais mourir. Bizarrement, je n'avais plus peur. Je me détendis et fermais les yeux pour penser à maman que je m'apprêtais à rejoindre. Malgré mon apaisement face à cette mort trop précoce et qui frappait à nouveau ma famille, j'eus une pensée pour papa ; allait-il supporter à nouveau la perte d'un membre de sa famille ?

Car malgré nos différents, je savais qu'il y avait de l'amour entre nous, nous n'arrivions juste pas à nous le montrer.

J'étais perdue dans mes pensées mais j'entendis des bruits de bagarre autour de moi. J'ouvris les yeux et je vis un homme dos à moi avec une dague et train de tuer mes agresseurs un à un.

Le combat était d'une telle violence, malgré cela, je n'arrivais pas à fermer les yeux, à nouveau paralysée. Je vis alors le dernier type de la bande encore en vie me foncer droit dessus un poignard à la main, mes jambes refusant de bouger. Cependant je n'en n'eus pas besoin, l'inconnu lui trancha la gorge d'un coup sec. Je reçus une gerbe d'hémoglobine en plein visage et tandis que le malheureux se vidait de son sang à mes pieds, je me mis à hurler.

Une vraie crise de panique, je tombais soudainement au sol, mon corps était parcouru de tremblement et les larmes ne cessant plus de couler sur mon visage ensanglanté. Tandis que je me balançais d'avant en arrière pour tenter de me calmer, mon sauveur me prit dans ses bras et me serra fort.

Son étreinte n'était pas douloureuse, au contraire, elle était contenante et rassurante, faisant diminuer petit à petit mes spasmes. Nous ne sommes restés pas plus d'une minute assis comme ça par terre jusqu'à qu'il me dise : « Calmez-vous Princesse, c'est fini, ils ne reviendront plus, je vous protège ». Sa voix était rassurante et me rappelait vaguement quelque chose...

CHAPITRE 2

Une fois que ma crise de larmes fut terminée, je pus sécher mes yeux afin d'y voir plus clair. Maintenant que j'avais retrouvé toute ma lucidité, je pus regarder qui était mon sauveur.

L'homme mystérieux ne l'était en fait pas vraiment, il s'agissait de Mattéo LOPEZ. Il est mon voisin de classe en cours de préparation à la fac de médecine. Il était typiquement le genre de gars qui semble parfait sous tout rapport. Toujours bien habillé, ses cheveux blonds impeccablement peignés sans une mèche rebelle, bon élève et apprécié des ses camarades et du corps enseignant. Mais ce qu'il venait de faire relevait plus du tueur professionnel que du jeune lycéen.

À ce moment-là, je pris mes jambes à mon cou. Tout ce qui venait de se passer était beaucoup trop pour moi ! Il fallait que je rentre à la maison immédiatement pour décompresser. Heureusement, je n'étais pas très loin, à peine rentrée, je me suis enfermée dans ma chambre sans en ressortir jusqu'au lendemain matin.

Reprendre ma petite routine me permit de rester les pieds sur terre et de ne pas sombrer dans un syndrome de stress post-traumatique ; d'autant plus que j'avais ruminé toute la nuit. Malgré cette nuit blanche, je n'avais trouvé aucune explication logique à ce qui m'était arrivé hier soir.

Je respectais tellement bien ma routine que mon père ne sembla même pas remarquer que j'étais tout de même angoissée à l'idée de sortir de la maison. Je suis tout de même retournée à l'école comme d'habitude en prenant Lé en bas de chez elle, enchaînant les cours les uns après les autres. Mais Léana me connaissait bien et me demanda : « Qu'est-ce qui t'arrive, tu es bizarre aujourd'hui ?

- Rien ne t'en fais pas j'ai juste mal dormi, répondis-je le ton plus angoissé que je ne le voulais

- Arrête de mentir ! Depuis ce matin, tu sembles parano, tu regardes bientôt sous chaque caillou pour être sûre qu'il n'y a rien de suspect. »

Je fondis alors en larmes dans ses bras lui racontant alors en détail tout ce qui s'était passé hier en rentrant des cours. Lé n'en revenait pas, elle voulait que j'en parle à mes professeurs, à mon père, et même à la police, mais je voulais juste tourner la page sur cet horrible incident. En parfaite meilleure amie qu'elle était, Lé ne me lâcha pas d'une semelle pour me protéger, guettant les moindres faits et gestes de chaque élève.

Je redoutais particulièrement le dernier cours de la journée, car je devais rattraper le cours de prépa médecine qui avait été annulé hier. Lé avait prévenu sa mère qu'elle rentrerait plus tard, elle avait décidé de m'attendre devant la porte de la salle pour me raccompagner jusqu'à chez moi.

Alors que je m'approchais de la salle de cours mon regard croisa celui de Mattéo qui venait en cours lui aussi. Un frisson me parcouru jusqu'à la pointe des cheveux.

Allais-je être capable de rester à côté de lui pendant une heure ?

Je dus retenir Lé par le bras, car elle était prête à lui foncer dessus pour avoir des explications. Je la rassurais en vain et entrais en cours.

Je repris ma place habituelle aux côtés de Mattéo, mais je pris grand soin d'éloigner ma table de la sienne afin de mettre un peu de distance entre nous. Il ne cessa de me regarder en coin pendant tout le cours, il semblait hésiter à me parler. Je dois avouer que j'hésitais aussi, il fallait que j'éclaircisse ce qui s'était passé hier soir. Malgré le fait que j'étais très mal à l'aise, je pris mon courage à deux mains un quart d'heure avant la fin du cours, je rapprochais mon bureau afin de discuter un peu avec lui : « J'ai besoin qu'on parle... Dis-je d'une voix hésitante.

- Princesse, vous ne devez pas avoir peur de moi, je suis là pour vous protéger. Chuchota-t-il.

- Arrête de m'appeler princesse, je ne suis pas l'une des filles que tu dragues en permanence. J'ai besoin que tu m'expliques ce qui s'est passé hier soir, tu as tué ces hommes comme si tu avais fait ça toute ta vie. Répondis-je de plus en plus nerveuse. »

Il eut un petit sourire en coin comme si ce que je venais de dire l'amusait. Son comportement commençait vraiment à m'agacer. J'allais lui dire de laisser tomber cette discussion quand il me dit : « Je pense que nous devrions en discuter dans un endroit plus tranquille.

- D'accord, dans le parc proche de chez moi, tu connais le chemin visiblement. Et dernier détail, Léana m'accompagne et c'est non négociable. » Dis-je d'un ton acerbe.

Visiblement, il voulait protester, mais voyant que je ne céderais pas il ne dit rien. Sur ces paroles la cloche annonçant la fin des cours retentit. Je rassemblais rapidement mes affaires et sortis dans les premières pour une fois, sous le regard médusé du reste de la classe qui me prenait pour la lèche botte.

Sur le chemin jusqu'au parc, je fis un petit débriefing à Lé sur ce qui venait de se passer pendant le cours. Elle semblait remontée à bloc, elle voulait savoir pourquoi je m'étais fait agresser et surtout pourquoi c'était LUI qui m'avait sauvé.

Arrivées au parc nous avons cherché un coin tranquille, assez en retrait, afin de discuter comme nous le souhaitions. Mattéo ne tarda pas à nous rejoindre. J'étais vraiment stressée, mais également impatiente de savoir qui il était vraiment.

J'allais commencer la conversation quand Lé me devança : « Aller balance ! Lâcha-t-elle d'une voix féroce.

- Princesse, je pense vraiment qu'elle ne devrait pas être là, répondit-il sans prendre la peine de regarder ma meilleure amie.

- Je t'ai déjà dit de ne pas m'appeler comme ça et que sa présence était non négociable, fis-je d'un ton dédaigneux.

- Très bien, se résigna-t-il, que voulez-vous savoir, parce que je pense qu'il vous faut connaître bien plus que la seule agression d'hier. »

Que voulait-il dire par là ? J'avais tellement de questions à lui poser, mais par où commencer ? « Tout d'abord, j'aimerais savoir pourquoi tu m'appelles princesse ? Cette question me turlupinait vraiment.

- Parce que vous êtes la princesse de Mesa de Oro, répondit-il étonné par ma question »

Pendant que Lé était morte de rire face à sa réponse, moi, je tombais des nus ! Comment était-il au courant des rêves étranges que je faisais chaque soir depuis ma tendre enfance ? Comment était-il au courant du secret que je gardais enfoui en moi et dont même ma meilleure amie et mon père ne connaissaient pas l'existence ? Je faillis me mettre à pleurer tellement, j'étais humiliée qu'il sache tant de choses à mon propos.

Voyant que j'allais me mettre à pleurer Lé s'arrêta soudainement de rire voyant que quelque chose clochait. « Rose parle-moi que se passe-t-il ? Dit-elle inquiète.

- C'est impossible, dis-je à Mattéo, ce n'est que des histoires que me racontait ma mère pour m'endormir lorsque j'étais petite.

- Je peux vous assurer que non. »
À ces mots, Lé et moi furent aveuglées par une lumière d'une pureté incroyable.

Lorsque la lueur cessa et que nous pûmes rouvrir les yeux, Mattéo était là devant nous. Léana et moi dûmes nous frotter les yeux pour être sûre de ne pas avoir d'hallucinations collectives.

Il était le même garçon qui nous avait rejointes au parc : les mêmes cheveux, les mêmes yeux, le même visage. Seul un point avait changé : les deux grandes ailes d'un blanc immaculé qui étaient apparues dans son dos, faisant de lui un ange.

Nous ne savions que dire tellement le choc était grand. Mais je pouvais l'observer, le voyant maintenant avec ses ailes, il ressemblait trait pour trait à l'un des gardes qui me protégeait dans « mes rêves à Mesa de Oro ». Voyant que je le reconnaissais enfin Mattéo reprit la conversation : « Je savais que vous vous souviendriez de moi si je me montrais sous ma vraie forme.

- Mattéo ! Reprends ton autre apparence, tout le monde va te remarquer ! Ils vont te prendre pour une bête de foire ! Lui dis-je le plus bas possible pour pas qu'on me remarque.

- Ne vous inquiétez pas, quand je suis comme ça personne à part vous ne peux me voir, ria-t-il. Seules les créatures célestes et démoniaques peuvent vous voir lorsque nous ne sommes pas sous notre forme humaine. »

Plus ou moins rassurée, je regardais les autres visiteurs dans le parc et en effet personne ne semblait faire attention à nous. Je me tournais alors vers Lé, si seul les créatures célestes et démoniaques pouvaient le voir pourquoi elle le voyait aussi ? « Lé, est-ce que ça va ? demandai-je.

- Je pense qu'il va falloir que j'aie une discussion avec mes parents en rentrant... Balbutia-t-elle. »

J'acquiesçais d'un hochement de tête, ne sachant pas quoi lui répondre. En effet, elle n'était pas la seule qui devrait avoir une discussion avec ses parents. Même si je ne parlais pas beaucoup à mon père, un jour où l'autre, il faudrait que l'on discute de ce qui était en train de bouleverser ma vie.

Afin de reprendre nos esprits, je demandais à Mattéo de reprendre forme humaine pour que nous puissions discuter sans être déconcentré. Il s'exécuta sans broncher et reprit à nouveau la parole : « Vous devez avoir beaucoup de questions, non ?

- Oui et pas qu'un petit peu, tout d'abord, je voudrais savoir ce que tu fais là, tu n'es pas censé être rien qu'un rêve ? Il éclata de rire, je n'appréciais pas du tout que l'on se paye ma tête.

- Désolé de vous décevoir, mais je suis bel et bien réel, je suis fait de chair et de sang comme vous et comme tous les gens du royaume.

- Tu veux dire que depuis que je suis petite, je ne rêve pas ?

- Pourquoi croyez-vous rêver ?

- Et bien, je ne vais à « Mesa de Oro » que pendant mon sommeil.

- À ça !! S'exclama-t-il avec un sourire en coin, c'est tout à fait normal. »

Normal, comment ça normal, je suis désolée de le contredire, mais depuis que je suis petite, je fais des rêves bizarres et depuis hier ma vie est totalement bouleversée pour ne pas dire un enfer et lui, il trouve ça tout à fait ordinaire, je dois halluciner, ce n'est pas possible. Léana qui d'ordinaire voulait toujours avoir le dernier mot ne savait pas quoi dire non plus, elle avait juste un sourire nerveux et les yeux perdus dans le vague. La pauvre, et j'étais tout aussi paumée qu'elle sans savoir quoi lui dire pour la réconforter. Mattéo continua : « C'est parce que vous n'avez pas encore vos ailes, vous empruntez la voie du sommeil et dès qu'elles seront apparues vous pourrez passer par la voie céleste. Je parle de vous et de Léana. »

Cette dernière tressailli en entendant son prénom, l'idée que des ailes allaient apparaître dans notre dos la terrifiait visiblement. Pour ma part, je tombais des nues, je n'arrivais pas à croire ce que je venais d'entendre, je commençais à réaliser que je n'étais pas une fille comme les autres, même s'il me faudrait beaucoup plus de temps pour digérer l'info.

Mais quelque chose d'autre me torturait l'esprit : « Les hommes qui m'ont attaqué hier soir, qui sont-ils et pourquoi ont-ils parlé de ma mère ? Demandais-je en retenant mes larmes.

- C'était des créatures démoniaques, de simples pions envoyés par Caïn, notre ennemi. Et ils ont parlé de votre mère parce qu'en vous protégeant il y a dix ans elle a empêché l'exécution du plan de Caïn qui voulait assassiner tous les prétendants au trône de Mesa de Oro afin de s'en emparer, me répondit-il.

- Mattéo j'ai juste une dernière question, le sollicitais-je. Il me fit un signe de la tête.

- Mon père, est-il... Comme toi ? J'avais peur d'entendre sa réponse.

- Non, dit-il, il n'est pas rare que des anges épousent des humains. Même si pour le cas de votre mère qui était reine cela n'a pas été vu d'un bon œil par tout le monde. D'ailleurs pour Léana, c'est son père qui est un ange et l'un de vos gardes. »

Stop, il fallait que cette conversation s'arrête, il y avait beaucoup trop d'informations et Léana si forte d'habitude commençait à pleurer. Je la pris dans mes bras pour la consoler. Une fois qu'elle fut calmée, je la raccompagnai chez elle, voyant qu'elle n'allait pas bien ses parents accoururent pour la prendre dans leur bras. Je savais qu'elle était bien entourée et il fallait que je les laisse discuter en famille des révélations qui venaient d'être faites.

Il fallait également que je rentre chez moi afin d'avoir une discussion avec mon paternel. J'étais très en colère qu'il m'ait caché toute cette histoire ! Moi qui aie cru pendant des années que j'étais folle à voir ces choses toutes les nuits. Je devrais lui poser quelques questions et cette fois pas question de me laisser impressionner par son ton sévère et paternaliste. Mais le trajet me paraissait interminable, je ne savais plus vraiment où j'en étais, toutes les informations que je venais de recevoir s'entrechoquaient dans mon crâne à un tel point que j'en avais des vertiges.

Une fois encore, je ne pris pas la peine de manger, je montais directement dans ma chambre. La nuit allait me porter conseil, du moins je l'espérais.

CHAPITRE 3

Malheureusement, je n'avais pas fermé l'œil de la nuit... J'avais retourné la situation dans tous les sens, je n'arrivais toujours pas à comprendre pourquoi mon père m'avait caché la vérité !

Malgré mon insomnie et mon manque flagrant de sommeil, il fallait tout de même que j'aille en cours. Je mis un peu plus de temps à me préparer afin de sembler moins fatigué que je ne l'étais en réalité.

Je partis pour l'école dans la plus grande discrétion afin de ne pas réveiller mon père, j'étais encore trop en colère contre lui pour que nous puissions parler dans le calme et de façon constructive. Mon seul défouloir fut les petits cailloux qui jonchaient le sol sur le chemin du lycée, il fallait que j'évacue ce que j'avais sur le cœur. En arrivant à proximité de chez Lé, mon téléphone vibra m'annonçant l'arrivée d'un SMS : « *Coucou ma puce, désolée, je ne viendrais pas aujourd'hui mes parents ont encore plein de choses à me dire et j'ai besoin de temps pour tout digérer. Et toi avec ton père ? Bisous. Lé* ». Je répondis immédiatement : « *Pas de soucis, tu me raconteras plus tard ! Je n'ai toujours pas croisé mon géniteur... Bisous R.* ».

J'hésitais un instant à rentrer chez moi, mais je me suis dit qu'il serait mieux de me changer les idées en cours plutôt que ruminer toute seule chez-moi. J'étais un peu jalouse de la relation de Léana avec ses parents, ils avaient été honnêtes avec elle hier soir et je savais qu'ils aiment leur fille d'un amour inconditionnel, tandis que moi... Je n'étais même pas sûre que mon père ait un quelconque attachement pour moi.

Une fois devant les portes du lycée, je vis Mattéo s'approcher de moi et je vis également le regard vert de jalousie des autres filles du lycée qui se demandaient bien ce qu'un mec comme lui faisait avec une fille comme moi. Pour leur décharge, je me le demandais aussi !

En cours il était tout autant gêné que moi. Nous ne nous étions jamais vraiment adressés la parole, même à Mesa de Oro. Au lycée, nous n'avions aucun ami en commun et dans mon royaume, il est mon serviteur. Je ne sais même pas si nous avons vraiment le droit d'être amis, enfin après tout, je suis une princesse, je fais bien ce qui me chante.

Je ne le connaissais pas, on ne se parlait pas vraiment, mais sa présence m'apaisait, je me sentais en confiance et en sécurité. Il fallait absolument que je brise la glace. « Je ne t'ai pas vraiment remercié pour l'autre jour. » Dis-je timidement.

- Vous n'avez pas à me remercier, je n'ai fait que mon devoir, me chuchota-t-il pour que le professeur ne nous entende pas.

- Tout de même, j'insiste. Merci beaucoup Mattéo de m'avoir sauvé la vie. Lui répondis-je la larme à l'œil.

- Je vous en prie Princesse. »

J'avais l'intuition que ce petit échange de banalité allait pourtant chambouler tout le reste de notre relation.
Léana ne revint pas de la semaine, je comprenais, elle avait besoin de temps, elle me parlera quand se sentira prête. Mattéo, lui ne me quitta pas d'une

semelle, maintenant que je savais qui il était, gardant tout de même un peu de distance entre nous. Satané rapport hiérarchique !

Néanmoins, nous étions plus proches qu'avant je ne sais pas trop comment décrire nos rapports en fait. Je me sens bien quand il est près de moi, est-ce juste un sentiment de sécurité ? Non, je ne crois pas... Lors de cette semaine, j'ai l'impression qu'il y a plus que de l'amitié entre nous, me ferais-je des idées ? Je suis nulle pour analyser ce que je ressens... En plus, je n'avais toujours pas eu le courage de parler à mon père... Il faut vraiment que je voie Lé rapidement !

Mattéo avait eu la gentillesse de me raccompagner chez moi toute la semaine et ce vendredi soir ne faisait pas exception. Il s'arrêtait toujours devant le portail, repartant par la voie des airs jusqu'à que nous nous retrouvions le soir à Mesa de Oro. Il me faisait toujours rire avec des blagues un peu nulles du genre « tu connais l'histoire du pingouin qui respirait par les fesses ? Non ? Bah, un jour, il s'est assis et il est mort ». Je sais ce n'est pas drôle mais venant de lui ça me faisait rire.

On arriva devant la maison, mais je n'avais pas envie de commencer le week-end seule. Il allait partir, mais sans que je puisse me contrôler, je criais : « Mattéo ! »

Il se retourna et dans un acte totalement impulsif, je lui fis un baiser sur la joue. Soudain, me rendant compte de ce que je venais de faire, je courus rouge de honte dans la maison, sans prendre le temps de regarder sa réaction.

Je m'apprêtais à monter dans ma chambre, quand soudain mon père sorti de son bureau, que faisait-il ici à cette heure-ci, il ne rentrait généralement jamais avant 20 heures, cela n'inaugurait rien de bon. « Rose ? » M'appela-t-il.

- Oui, papa qu'est-ce qu'il y a ? Répondis-je en essayant de ne pas lui montrer que j'étais toujours en colère après lui.

- Viens là, s'il te plaît, j'ai à te parler, c'est urgent. »

Je redescendis les quelques marches que j'avais commencé à gravir, je n'en revenais pas, de quoi voulait-il me parler ? Me parlerait-il de « Mesa de Oro » ? Ou bien de maman qui était un sujet tabou depuis l'accident ou plutôt son meurtre, je crois qu'il n'a pas apprécié mes questions sur elle après l'enterrement, car à chaque fois, il se détournait et allait s'enfermer dans son bureau.

Nous nous sommes dirigés vers son bureau comme à chaque fois qu'il veut discuter de quelque chose d'important. Je n'aime pas le cabinet de mon père, avec ses bibliothèques remplies de livres de psychologie et de dossiers de ses patients dont je n'avais pas le droit de m'approcher naturellement, secret professionnel oblige. Il s'assit en premier derrière son gros bureau en chêne massif puis me pria de m'asseoir en désignant une des chaises qui se trouvait devant lui, qu'est-ce qu'il m'énervait à me considérer comme une patiente, encore heureux qu'il ne m'ait pas dit de m'asseoir sur le divan sinon là, je pense que ça aurait été la goutte qui aurait fait déborder le vase.

Nous nous regardions, jugeant l'humeur de l'autre et essayant de savoir qui allait commencer à parler. C'est mon géniteur qui se décida à engager la conversation : « Je n'apprécie pas vraiment que ce garçon que tu as embrassé tout à l'heure tourne autour de toi, j'ai peur qu'il te fasse du mal. »

Je restais sans voix devant ce que venait de dire mon père. Que savait-il sur Mattéo ? Rien tout bonnement. Il nous avait juste espionné comme un lâche depuis la maison ! Cette dernière information fut de trop ! Après tout ce que j'avais vécu et appris depuis quelques jours, sans oublier le fait que j'étais déjà très remonté contre lui, j'explosais ! Je me dressais d'un coup posant violemment mes deux mains sur son bureau ce qui le fit sursauter. Le regardant de haut, je lui hurlais dessus :

« Non mais tu te fiches de moi ?! Qu'est-ce que tu sais sur lui ?! Ce garçon qui pour toi va me faire du mal et bien, c'est tout le contraire ! Je ne contrôlais plus mon flux de paroles. Pendant que toi, tu étais pénard dans ton bureau à écouter tes patients déblatérer leurs vies ou à m'espionner depuis la fenêtre au lieu de venir me voir comme l'adulte que tu es censé être ! Lui il y a une semaine, il m'a sauvé la vie, contre les mêmes créatures qui ont tué maman il y a dix ans. Il tressaillit à l'évocation du meurtre de ma mère. D'ailleurs, parlons-en de maman ! Tu comptais me mettre au courant un jour que j'étais seulement à moitié humaine ? » Les larmes me montaient aux yeux et commencèrent à rouler sur mes joues de manière incontrôlable.

Il parut surpris que je vide mon sac comme ça, il se leva, ses lèvres bougeaient, mais je n'entendais pas tellement tout se mélangeais dans ma tête, il tenta de me prendre dans ses bras, mais je me dérobai aussitôt, je n'avais aucune envie qu'il me réconforte et je courus dans ma chambre en claquant la porte pour lui montrer à quel point, j'étais affecté par cette histoire.

Je n'en revenais pas, mon père voulait me protéger de celui qui me protégeait réellement des dangers que je croyais être des rêves. Il fallait que cette nuit, je découvre où habite Matteo pour lui parler de ce qui venait de se produire... Lé me manqua vraiment à cet instant, mais je savais qu'elle avait besoin de temps...

J'étais beaucoup trop en colère pour m'endormir, il fallait que je vide mon sac ! Donc ni une ni deux, je pris mon ordinateur pour voir si Lé était connectée. Bingo ! Je lance alors l'appel vidéo : « Une semaine sans toi ce n'est pas possible, je suis sur le point d'exploser ! J'ai besoin de te parler !

- Haha les grands esprits se rencontrent, j'allais justement t'appeler, je reviens lundi et je voulais savoir si tu pouvais me filer les cours que j'ai loupés cette semaine ?

- Bien sûr, je passe te les donne demain !
- Génial merci ! Aller raconte-moi tes malheurs. Me répondit-elle avec un clin d'œil !

- Ok, je commence par quoi mon père ou Mattéo ? »

Elle fit semblant de réfléchir et répondit : « Mattéo bien sûr ! attend entre ton père et l'ange beau gosse, tu me poses sérieusement la question ?

- Bon ok, je te parle du beau gosse, répondis-je en rigolant, en plus pour suivre l'histoire, ça sera plus simple !

- Aller accouche ! S'impatienta-t-elle.

- Bon avec Mattéo, on a passé une super semaine, c'était un peu bizarre au début parce qu'on ne savait pas quoi se dire et qu'avec tout ce qui s'est passé, je ne savais pas très bien où j'en étais. Bref, on a bien rigolé, il est adorable, très drôle et gentleman, il m'a raccompagné toute la semaine jusque chez moi ! Ce soir, j'étais un peu perdu dans ce que je ressentais pour lui et au moment de se dire au revoir, je l'ai embrassé sur la joue avant de fuir dans la maison... Une fois, dedans, mon paternel est sorti de son bureau et me l'a joué psy, tu sais que je déteste ça, et là, il me sort : je n'apprécie pas vraiment que ce garçon que tu as embrassé tout à l'heure tourne autour de toi, j'ai peur qu'il te fasse du mal. Il se fout de ma gueule ?! Du coup, j'ai complètement explosé, je lui ai balancé ses quatre vérités à la gueule et maintenant, on en est là... Finis-je à bout de souffle d'avoir tout déballé d'une traite.

- Ah ouais quand même, dit-elle un peu abasourdi, je te laisse cinq petits jours et tu reviens dans un état pas possible. Tu crois que tu es amoureuse de Mattéo ? Demanda-t-elle le plus naturellement du monde.

- Hein ?! NON !! Enfin... Je ne pense pas, on ne se connaît pas tant que ça finalement. On passe du temps ensemble seulement depuis une semaine. Et puis c'est ta faute, tu n'étais pas là ! Répondis-je faussement vexée.

- Haha tu me diras merci un jour ! Rigola-t-elle. Et pour ton père, dit-elle en reprenant son sérieux, je pense que vous devriez discuter tous les deux... Ça m'a fait du bien de discuter avec mes parents, je comprends plus de choses. Continua-t-elle un peu triste.

- Je sais bien, mais je lui en veux tellement... Dis-je les larmes aux yeux.

- Je ne voulais pas te faire pleurer !! Demain, passe à la maison, promis, on discutera de tout ça !! Une bonne nuit de sommeil te fera du bien ! En plus, demain, c'est ton anniversaire, 18 ans ça se fête. Me réconforta-t-elle.

- Oui enfin après un petit tour à Mesa de Oro comme chaque soir. Fis-je dépiter.

- Haha profites-en pour aller voir ton ange sexy. Minauda-t-elle. »

Je rougis et lui souhaitais une bonne nuit. Elle me connaissait par cœur, en effet, il fallait que j'aille voir Mattéo, je ne sais pas pourquoi sa présence m'apaise autant... Est-ce que Léana à raison ? Suis-je amoureuse de lui ?

Je me rendis compte que je m'étais endormi lorsque j'ouvris les yeux dans le palais à Mesa de Oro. Ma chambre était immense avec un lit à baldaquin en son centre, des moulures au plafond, une cheminée en marbre. Je n'aime pas cette chambre, elle est bien trop impersonnelle, trop froide, on dirait une chambre de magazine ou de film à l'eau de rose où la princesse attend patiemment que son prince vienne la réveiller d'un baiser passionné.

Pour dissiper mon malaise, j'enfilais une tenue plus convenable qu'un pyjama et partie à la recherche de Mattéo.

Une fois arrivé dans le village qui bordait le château, je me rendis compte que je ne savais pas où il habitait vu que c'est toujours lui qui vient à ma rencontre. Je pris alors le temps de flâner dans le marché en attendant qu'il me retrouve. Je n'avais jamais pris le temps de venir ici avant, mais j'avais eu tort. Les maisons assez sommaires étaient coquettes, cette petite ville faisait assez moyenâgeuse dans le style architectural et dans la façon qu'avaient les habitants de se vêtir, mais cela donnait un charme fou à cet endroit.

En ce jour de marché, les rues étaient pleines et animées par les commençants qui souhaitaient vendre leurs produits. L'atmosphère était agréable, je pus me détendre en errant entre les échoppes. Quand soudain ma vue se troubla et je ressentis une douleur abominable dans le dos. Le choc fut tellement grand que je faillis m'évanouir, je me suis tout de même laissé tomber au sol pour essayer de contenir ma souffrance.

Je n'avais en aucun cas éprouvé une telle douleur, j'avais l'impression que des os étaient en train de pousser. J'allais me mettre à hurler quand soudain Mattéo apparu, en un instant, il me prit dans ses bras et s'envola loin du marché et de la foule, qui commençait à poser son attention sur moi.

Chaque secousse était un véritable supplice, le trajet semblait interminable et je ne pouvais empêcher mes larmes de couler à flots sur mes joues. Quand il me posa enfin au sol, je vis que nous n'étions pas au palais, ce qui me rassura, je n'avais aucune envie de voir la tête de mes conseillers ! Nous étions une colline qui surplombait le village, la vue était magnifique avec ce soleil couchant. Le cadre aurait pu être très romantique si je n'avais pas aussi mal.
Malgré ma vue embuée de larmes, je pouvais voir que Mattéo était extrêmement inquiet, ses traits étaient tirés et je sentais qu'il était tendu, ne sachant pas quoi faire pour calmer ma douleur, il demanda : « Votre Altesse que se passe-t-il ?! Je vous ai vu vous écrouler... Sa voix se brisa, il avait réellement peur.
- Je ne sais pas, je marchais tranquillement en attendant que tu me rejoignes et d'un seul coup,

j'ai eu très mal au dos. C'est comme si quelqu'un me brûlait et creusait un trou dans la peau en même temps. Répondis-je le visage tordu de douleur. »

Maintenant que nous étions un peu plus tranquilles, je décidais de me déshabiller un peu pour tenter de voir ce qui faisais si mal. Mattéo détourna aussitôt le regard et devint rouge des orteils jusqu'à la pointe de ses cheveux, je ne l'avais jamais vu aussi gêné, si je ne souffrais pas actuellement le martyre cela m'aurait certainement fait rire.

Je fis passer mes mains dans chaque recoin de mon dos que je pouvais atteindre, ce qui soit dit en passant n'est pas simple du tout quand on a la souplesse d'un manche à balai. En passant la main entre mes omoplates, je sentis sous mes doigts deux bosses rugueuses. Malheureusement, je n'avais pas de miroir sous le coude, il fallait que je rentre pour observer ça de plus près et prendre des antalgiques, dommage que je n'ai rien de plus fort que du paracétamol chez moi ça aurait été bien utile pour une fois.

« Hum... Hum... Fit Mattéo pour éveiller mon attention. Princesse, pourriez-vous vous rhabiller pour que je puisse vous dire ce qui se passe ? Dit-il tout gêné ».

Je m'exécutais à la hâte, sans broncher. Une fois que j'étais dans une tenue convenable, il se tourna vers moi, son visage ne semblait plus du tout inquiet, il s'était adouci, Mattéo semblait même un petit peu ému. « Bon aller, crache le morceau, je vais mourir, c'est ça ?

- Ne vous inquiéter pas il n'y a rien de grave. Je poussais un soupir de soulagement. Ce sont juste vos ailes qui commencent à pousser cela devrait vous faire souffrir durant quelques jours.

- Je suis soulagée, puis réalisant ce qui venais de dire, je commençais à crier, quoi pardon des ailes, mais pourquoi ?! Pourquoi des ailes ??? J'étais totalement paniqué. Mattéo ne parut pas comprendre.

- Mais princesse pourquoi êtes-vous si surprise, je vous rappelle quand même que vous êtes la future reine de ce qui correspond pour les humains au paradis, tout le monde ici possède des ailes. Je vous avais bien dit qu'en attendant que vos ailes poussent, vous empruntiez la voie du sommeil. C'est bien aujourd'hui votre 18e anniversaire ? »

Je regardais autour de moi effectivement, tout le monde avait une magnifique paire d'ailes d'un blanc pur dans le dos, cela faisait quinze ans que je venais ici et je n'avais jamais remarqué que mon peuple était un peuple angélique. Je représente sincèrement une princesse pitoyable ... Le fait que je pensais qu'il s'agissait d'un rêve ne m'a pas aidé à faire attention à ce genre de chose non plus, je dois entièrement l'avouer, je restais toujours au palais en attendant le lendemain afin de rentrer chez moi, il allait falloir que je sorte plus souvent.

Une fois que je repris mon souffle et mes esprits, je dis : « Du coup, les ailes poussent à 18 ans, c'est ça ? Il acquiesça d'un signe de la tête. Ok donc si aujourd'hui, c'est mon tour... Ho, mon dieu, il faut que je mette en garde Léana ! »

En essayant de me lever, je fis un mouvement trop brusque pour mon dos vulnérable ce qui m'arracha un petit cri de douleur.
Bon de toute façon, il me restait encore 24 h pour prévenir Lé qui devait dormir à cette heure-ci, j'irai la voir à la première heure demain matin pour qu'on en parle ! À moins que ses parents lui

en aient déjà parlé... Une fois de plus, je regrettais ma relation chaotique avec mon père et surtout que ma mère ne soit plus là pour m'expliquer tout ce que j'aurais dû savoir...

La douleur commençait à se faire de moins en moins vive et avec tout ça, j'en avais oublié pourquoi j'étais parti à la recherche de Mattéo. « Où est-ce que tu vis ? Demandais-je brusquement. »
Ma question parut le dérouter, je lus sur son visage qu'il ne savait pas comment formuler la réponse : « Eh bien, heu comment vous dire, je vis ici avec ma famille. Me répondit-il, ne sachant visiblement pas quoi me dire d'autres.

- Non mais je veux dire sur terre. Précisais-je »

Il me fit les gros yeux et parti dans un fou rire qui me mit mal à l'aise. Franchement, je ne voyais pas en quoi ma question était si drôle que ça, je dois bien l'avoué en fait, j'étais plus vexée que gêner. « Mais Princesse, je ne vis pas sur terre sinon comment ferais-je pour vous suivre ? La journée je suis avec vous en cours, je vous suis jusque chez vous, puis je rentre me reposer ici le temps que vous ailliez vous coucher et que vous me rejoignez ici. Me répondit-il entre deux crises de rire. Vous possédez une maison sur terre parce que votre père est humain, c'est l'unique raison pour laquelle vous avez deux foyers. »

Effectivement de son point de vue ma question était plus qu'idiote et se fus à mon tour de rougir, je me suis senti extrêmement bête.
J'allais me mettre à rire avec lui quand soudain un bruit m'interpella, une ombre gigantesque me recouvrit, je détournais la tête et me levai d'un bon, horrifiée de découvrir de qui il s'agissait. Un homme s'inclina devant moi, il me fit, un baise main et se releva. J'essuyais discrètement ma main ne voulant entretenir aucun contact avec lui.

Il s'agissait de Nathanaël un homme plutôt ténébreux pour un ange, les cheveux et les yeux noirs, le regard farouche presque mauvais et un corps svelte et grand, alors qu'ici, là plus part des gens ont des cheveux et des yeux clairs ce qui par conséquent ne manquait pas de le rendre très visible au sein de la communauté.

Je n'étais pas assez sortie du palais pour connaître l'opinion publique à son égard, mais le mien étais tout fait : je le détestais ! Il était du genre à être très gentil et bien élevé en public, mais exécrable une fois qu'il n'était pas sous le feu des projecteurs ! Mais je n'avais pas le choix que de le supporter, car dans mes rêves, il s'agit de mon fiancé.

Me rendant compte soudain que Mesa de Oro était bien réel et non pas le fruit de mon imagination, je faillis tomber dans les pommes en réalisant avec horreur que j'étais bel et bien fiancé à cet homme exécrable...

CHAPITRE 4

Je me souviens à présent que plus jeune, deux ou trois ans après la mort de ma mère le conseil avait décidé de me trouver un fiancé qui serait en capacité de redresser le royaume qui était sur le point de succomber face aux démons. J'étais alors trop jeune et trop peu intéressée par ce qui me semblait seulement être des rêves un peu trop réalistes, du coup, je n'avais pas du tout suivi le processus qui avait fait de Nathanaël mon fiancé. Et maintenant je m'en mordais sacrément les doigts.

Nous nous regardions tous les trois dans le blanc des yeux, sans ciller Mattéo et moi n'osions pas parler. D'un seul coup, Nathanaël s'avança d'un pas pour se mettre juste à côté de moi et me prit par la hanche pour me coller à lui, tout en dévisageant Mattéo, le scrutant des pieds à la tête d'un regard hostile. « Tu peux disposer, je m'occupe du reste. » Lança-t-il à Mattéo sur un ton hautain et désagréable.

Ne supportant pas qu'il s'adresse à mon ami sur ce ton, j'entrouvris la bouche pour protester, mais l'horrible personne qui me servait de fiancer plaqua sa main sur ma bouche pour m'empêcher de prononcer quoi que ce soit ! Je le suppliais alors mentalement de ne pas me laisser seul avec lui. « Je suis navré monseigneur, mais il m'est inconcevable de laisser la princesse, ce sont mes ordres en tant que gardien officiel de Son Altesse ». Je fus surprise qu'il réponde exactement ce que j'aurais aimé dire, comme s'il avait pu lire dans mon esprit.

La posture de Mattéo avait changé, il avait repris son rôle de gardien au lieu d'être mon ami, rien ne lui faisait peur, il se tenait devant nous avec un aplomb et une confiance absolue en lui. Nathanaël, lui, n'exprimait aucune émotion, mais je sentis tous les muscles de son corps se contracter sous la colère de l'affront que lui faisait mon protecteur, je vis dans ses yeux une étincelle de colère qui me fit froid dans le dos. « Bien, mais reste à distance, j'aimerais parler à Rosalie en privé. » Le ton de sa voix était brutal et glacial, un froid polaire à faire frissonner un pingouin.

J'aurais aimé que Mattéo ne m'abandonne pas seule avec lui, mais il s'inclina devant nous, il était beaucoup trop respectueux des règles et de la hiérarchie pour intercéder une nouvelle fois en ma faveur. Il s'envola en me jetant un dernier coup d'œil et je savais qu'il avait saisi le cri de détresse dans mon regard.

Nous étions seuls désormais, je crus apercevoir un sourire narquois sur les lèvres de Nathanaël lorsqu'il se tourna pour me faire face, il fixa ses mains sur mes hanches pour me coller un peu plus à lui. Je commençais sincèrement à être gênée par son attitude bien trop familière, on était peut-être fiancé, mais je ne le connaissais pas et je n'éprouvais aucune attirance pour lui ! Je me dérobais tant bien que mal et partie en direction du village malgré le fait que mon dos me fasse souffrir le martyre. S'il le fallait, je préférais mourir dans la souffrance en tentant de le fuir plutôt que de passer la nuit avec lui ! Et ça, je pense qu'il s'en était rendu compte : « Auriez-vous l'intention de me fausser compagnie ? Me dit-il avec son ton glacial.

- Bien sûr que non, quelle idée, je ne voudrais pas

me passer de votre galante compagnie. Répondis-je avec mon air le plus hypocrite possible pour qu'il comprenne effectivement que sa compagnie ne m'était pas du tout agréable.

- Où allez-vous dans ce cas ? Me demanda-t-il visiblement piqué au vif.

- Au marché effectuer quelques emplettes. Mais vous pouvez m'accompagner si le cœur vous en dit. Rétorquais-je de manière hautaine pour qu'il me laisse tranquille. »
Mais visiblement, il ne comptait ni m'accompagner au marché ni me laisser tranquille. Il déploya ses ailes puissantes d'un seul coup et m'attrapa au vol, ce qui m'arrache un cri de surprise et de douleur. J'espérais qu'il ne remarquerait pas ma douleur et les deux bosses dans mon dos, je ne voulais pas me montrer vulnérable face à lui.

Sans le vouloir, je m'étais retrouvé dans ses bras à plusieurs dizaines de mètres de hauteur. Mais je devais quand même reconnaître que la sensation de voler était quand même agréable, dommage que ce soit avec se gougât. Vivement que je puisse voler de mes propres ailes, littéralement. Je vis à son sourire qu'il était satisfait de son plan : « Accrochez-vous à moi, ou vous risqueriez de vous écraser au sol. Vos ailes sont seulement en train de pousser, je me trompe ? » Dit-il d'un air glorieux.

Qu'avait-il vu de la scène entre Mattéo et moi tout à l'heure ? Était-il au courant que c'était mon anniversaire aujourd'hui ? Quoi qu'il en soit, il n'avait pas tort. Je m'accrochais fermement à son cou pour ne pas tomber, la vision de moi disloqué sur le sol fini de me convaincre, son sourire se fit encore plus grand, content de m'avoir effrayé visiblement.

Même si j'étais en très mauvaise compagnie, je devais avouer que j'appréciais énormément la balade. Le vent dans mes cheveux et qui me fouettais le visage, Mesa de Oro vu de haut étais magnifique : des champs à perte de vue, des petites bâtisses ici et là formant de petite tache de couleur au milieu des moissons dorées, les habitants semblaient minuscules lorsque nous survolâmes le marché bondé de monde. Mes pensées dérivèrent alors vers Mattéo, je me demandais si lui aussi, il trouvait le paysage aussi majestueux malgré le fait qu'il puisse voler depuis... Depuis... Je ne savais même pas son âge pour être honnête.

Tout à coup, je perçus une voix : « Vous avez 18 ans princesse et bientôt, vous pourrez voler par vous-même, vous verrez le paysage est toujours aussi beau peu importe depuis combien de temps, on est capable de voler ». La voix me rappelait celle de Mattéo, douce et chaleureuse, mais en regardant autour de moi je ne le vis nulle part. Ça y est, je commençais à devenir folle. Était-ce l'altitude, et le manque d'oxygène qui en résultait, ou la douleur qui me donnait des hallucinations auditives ?

Sans que je ne m'en rende compte, nous arrivions vers le palais et Nathanaël amorçait la descente sur le bacon de ma chambre. Je fus dégoûtée de savoir qu'il savait quelle fenêtre
était la mienne, m'avait-il observé derrière les rideaux ? Je refoulais cette idée abjecte de mes pensées, mais j'allais vérifier ce soir que personne ne m'observait !

Il me posa au sol et me plaqua contre le mur sans que je n'aie eu le temps de protester, ce qui m'arracha une grimace lorsque que mon dos s'écrasa contre le mur, et je
savais que ça lui procurait du plaisir à ce sadique. J'avais beau me débattre il était beaucoup plus fort que moi et il ne céda pas, cela avait même l'air de le réjouir.

Il attrapa ma hanche d'un bras et mon visage de l'autre main, je vis son visage s'approcher du mien et il écrasa ses lèvres sur les miennes. Je ne pouvais plus bouger, il me tenait trop fermement, sa bouche était toujours collée à la mienne et il se faisait de plus en plus insistant, je n'allais pas pouvoir résister davantage avant de lui coller mon point dans la figure.

J'étais sur le point de sortir ma main pour lui en coller une quand soudain discernai un bruit sourd sur le balcon et j'accueillis Mattéo comme mon libérateur. Malgré tout j'étais morte de honte qu'il me voit comme ça avec lui. « Excusez-moi Messire Nathanaël, mais on m'a fait parvenir un message urgent pour vous. » Balbutia-t-il.

Nathanaël se retourna et le foudroya du regard, je pense que si ses yeux pouvaient tuer, Mattéo ne serait plus de ce monde, et lui répondit d'un ton sec et froid : « QUOI ?!

- Monsieur, votre père vous fait dire qu'il aurait besoin de vous pour les derniers arrangements pour le ... Le ... Le

- Le quoi ? Gronda-t-il.

- Le mariage, lâcha Mattéo comme si le mot représentait une insulte. »

Nathanaël sourit en nous regardant successivement, puis il m'embrassa de nouveau, putain de violeur, et me murmura à l'oreille de façon que Mattéo n'entende rien : « Ce soir dans ta chambre soit prête ». Ses yeux pétillaient et son visage arborait un air satisfait. Je ne pus même pas rétorquer tellement son annonce m'avais déstabilisé, comment osait-il me faire une telle allusion. Puis il déplia ses ailes et s'envola au loin. Mattéo s'approcha, mais je ne le vis qu'une fois qu'il passa sa main devant mon visage pour me faire redescendre sur « terre », il avait l'air préoccupé et d'une voix tremblante, il prononça : « Princesse, vous êtes toute pâle, vous devriez aller vous reposer, je veillerai sur vous demain quand vous irez chez Léana. »

Je le croyais volontiers sur la couleur de ma peau, mais s'il savait ce que ce cochon de Nathanaël venait de me dire, je pense qu'il aurait changé de couleur lui aussi, je le voyais bien rouge vif. En réfléchissant un peu plus à ce qu'il venait de dire, je réalisais que ce n'était pas bête du tout, suffisait que je m'endorme pour que mon corps disparaisse de « Mesa de Oro » donc en déduction plus je me couchais tôt, plus tôt, je serais de retour sur terre et j'échapperais donc aux avances graveleuses de mon fiancé pervers. Une lueur éclaira mon visage, cette idée était remarquablement intelligente et je m'en félicitais, bon et Mattéo aussi un petit peu pour m'avoir soufflé l'idée.

Je sautais sur place avec un sourire jusqu'aux oreilles, mais soudain m'arrêtais sur le visage de Mattéo ses cheveux blonds lui retombaient sur la figure couvrant à moitié ses magnifiques yeux bleus turquoise, il n'avait visiblement pas compris mon ascenseur émotionnel. Je lui souris en inclinant un peu la tête et il me rendit mon sourire en voyant que j'étais redevenu moi-même.

Dans un élan de joie immense, je le pris dans mes bras, il tressaillit quelque peu, mais ne résista pas sachant que Nathanaël était loin. Je me sentais tellement en sécurité quand il était là, j'aurais donné n'importe quoi pour l'échanger contre mon... Fiancé. Cette idée aurait ravi Léana, elle allait de nouveau me dire qu'elle avait raison. Et demain, il faudrait que je le lui dise. Mais dans l'immédiat, je voulais uniquement profiter d'être dans les bras de celui dont j'étais en train de tomber amoureuse.

J'étais lové contre lui, oubliant le reste du monde, mais soudain, je me rappelais qu'il fallait que j'aille dormir pour esquiver Nathanaël. Je glissais ma bouche contre son oreille et murmurai : « Merci Mattéo » avant de m'éloigner de lui. Je me retournais pour lui adresser un dernier sourire avant de courir dans ma chambre. Mais soudain je m'arrêtais net quand dans mon esprit, j'entendis de nouveau la voix de Mattéo dans ma tête me murmurant un « de rien » plein de gentillesse. Je me retournais immédiatement pour voir s'il était derrière moi, mais je le voyais déjà s'envoler à l'horizon. Il était beaucoup trop loin pour que je puisse l'avoir entendu... Mon imagination me jouait assurément des tours...

Je ne m'accordai même pas le temps d'enfiler un pyjama, je sautais directement dans mon lit et me mis à compter les moutons pour m'endormir au plus vite, une chose était sûre, c'est que Nathanaël allait revenir et je ne voulais absolument pas être là quand ça arriverait. J'ai dû m'endormir sans m'en rendre compte, car lorsque j'ouvris les yeux, j'étais à la maison, sur Terre, malheureusement les réjouissances furent de courte durée, car la douleur dans mon dos se réveilla ce qui m'arracha un cri. Mon père prit de panique déboula dans ma chambre sans prendre la peine de frapper, la porte claqua contre le mur ce qui fit trembler la chambre entière. Au moment où je levais les yeux, je vis mon père blanc comme un linge, tétanisé sur le pas de la porte : « Rosalie, c'est quoi tout se sang dans ton lit ? » Bafouilla-t-il, livide, sur le point de s'évanouir.

Je ne saisissais pas de quel sang il voulait parler, puis sentant quelque chose d'humide sous ma main, j'examinais cette dernière maculée d'hémoglobine. Je me levai précipitamment pour apercevoir une flaque rouge dans mon lit, puis je sentis quelque chose ruisseler le long de mon dos pour venir goutter sur le sol. Ce sang était vraisemblablement le mien et visiblement, il n'avait pas fini de couler, je sentis un léger vertige, mais mon père me rattrapa avant que je ne m'écrase au sol. Je vis dans son regard de l'inquiétude, je sentis pour la première fois depuis des années qu'il avait réellement peur pour moi. « Rosalie ?! Qu'est-ce qui se passe bon sang ?! » Cria mon paternel complètement hors de lui.

Bon sang ?! Non mais sérieusement, il n'aurait pas pu adopter une autre expression ? Mon père l'éminent psychologue qui passait ses journées à jouer sur les mots pour faire parler les patients de leur problème venais de commettre une erreur grossière de vocabulaire. Ce qui me fit doucement sourire « Et bien visiblement, je fais une petite hémorragie » répondis-je comme si de rien n'était.

- Petite ?! Tu déconnes, j'espère !! » Sa voix grimpait dans les aiguë à cause de la terreur qu'il éprouvait à cet instant.

Cela me procura le sentiment que mon père avait réellement peur que je meure, serait-il capable de supporter ma mort dix ans après celle de maman ? Je ne voulais pas m'y résoudre !

Une fois mon étourdissement passé, je décidais de regarder l'ampleur des dégâts, je demandais à mon père de se retourner pour que je puisse me déshabiller. J'ôtais ma robe blanche afin d'examiner mon dos dans le miroir et ce que je vis manqua de me faire tourner de l'œil. J'avais à présent deux cicatrises ouvertes jusqu'à l'os, que je supposais être mes omoplates et quelques cotes. Je n'entrevoyais aucun moyen de guérir de ça, si j'allais à l'hôpital, ils allaient me prendre pour une folle et je ne saurais pas trouver d'excuses convaincantes pour le monde des humains. J'aurais tellement aimé que maman soit là, elle aurait pu m'expliquer tout ça et je ne serais certainement pas aussi désemparé aujourd'hui.

Mes larmes commencèrent à couler sur mes joues

quand soudain mon père dit : « Tes ailes poussent, n'est-ce pas ? » Dit-il totalement perdu. Dans un mélange de douleur, de frustration, d'incompréhension et de peur, je me mis à pleurer à chaudes larmes, tellement fort que les voisins devaient m'entendre, entre deux sanglots mon corps était parcouru de spasmes incontrôlables.

Sans que je m'en aperçoive, mon père avait effectué un aller-retour à la salle de bain pour saisir la trousse de premiers secours. Alors que je me calmais doucement, mon père me fit mes pansements, visiblement, il avait aussi des talents d'infirmier. Pendant qu'il s'afférait, il me dit le visage triste et plein de nostalgie « j'ai rencontré ta mère alors qu'elle se trouvait dans le même état que toi, en pleine rue et elle refusait d'aller à l'hôpital ». Je fus surprise, c'était la journée des premières fois, cela faisait des années qu'il n'avait pas évoqué maman.

Une fois les plaies désinfectées, les pansements occlusifs, les draps et mes vêtements changés, nous nous assîmes côte à côte sur le bord de mon lit un silence de mort planait dans la pièce. Soudain, papa déclara « Rosalie, je pense que j'ai effectivement trop attendu pour te parler de tout ça. Je pense qu'il est plus que temps que nous entretenions une discussion. » Annonça-t-il la mine solennelle. J'acquiesçais d'un signe de la tête ne sachant pas quoi répondre. Il avait ses torts, c'est indéniable, mais je possédais les miens aussi, je n'avais déployé aucun effort pour arranger la relation que j'entretenais avec mon père et j'avais gardé les révélations faites par Mattéo pour moi depuis une semaine. Mais il avait raison sur ce point, il était grand temps que nous ayons une discussion. « Je ne suis certainement pas le mieux placé pour te parler des anges, vu que je suis qu'un humain ordinaire, mais ta mère avait laissé un livre, une sorte de grimoire au cas où elle... Elle... »

Mon père ne put achever sa phrase, mais j'avais compris. Je posais alors ma main affectueusement sur son bras, il n'avait pas besoin de poursuivre, je savais que cela lui coûtait de me parler de maman. J'allais le réconforter quand tout à coup, je perçus la sonnerie de mon téléphone qui m'annonçait que j'avais un appel de Léana.

Je lançais un regard désolé à mon père qui me fit signe de décrocher. « Ho rose qu'est-ce que tu fais, il est bientôt midi, on t'attend à la maison ? Me gronda Lé

- Heu, j'ai eu un léger contretemps et je suis un peu fatiguée pour venir... M'excusais-je.

- Fatigué ou pas, ce n'est pas une excuse ! On ne s'est pas vu depuis une semaine alors si tu ne viens pas, j'arrive, laisse-moi grignoter un truc et je suis là dans trente minutes grand max ! » Dit-elle avant de raccrocher sans me laisser le temps d'en placer une.

J'expliquais à mon père que Lé allait arriver d'une seconde à l'autre, il me dit qu'il était hors de question que je déserte mon lit aujourd'hui, sur ce qu'il est revenu cinq minutes plus tard avec un plateau-repas dans les bras, pile au moment où la sonnette retentit annonçant l'arrivée de ma meilleure amie.
Comme à son habitude, elle fit comme chez elle, à peine eue-t-elle annoncée sa présence elle ouvrit la porte et se dirigea à l'étage pour me rejoindre dans ma chambre. « Bonjour Monsieur PARAISO, dit-elle poliment à mon père qui n'avait pas quitté mon chevet, en train de me donner des antalgiques.

- Bonjour Léana, ravie de te voir. » Répondit-il de manière tout aussi courtoise avant de nous laisser seules.

- C'est quoi ça !? Demanda Lé en pointant la porte d'où venait de s'éclipser mon père. Depuis quand ton paternel s'occupe de toi comme ça ? J'ai vraiment raté un épisode en une semaine. Ricana-t-elle en s'asseyant près de moi.

- Non-juste en quelques heures pour tout te dire. Je suppose que comme d'habitude, tu veux que je te parle de garçon pour commencer. La taquinais-je.

- Effectivement, tu me prends pour qui ? » Répondit-elle en tirant la langue.

Je me suis ainsi mis à lui raconter ma nuit à Mesa de Oro, ma douleur dans le dos, le secours quasiment chevaleresque de Mattéo et enfin l'arrivée de Nathanaël ainsi que ma fuite bien entendue. « Et bah ma vieille, je te laisse une semaine et je te retrouve, toi la timide maladive, avec un ange chevalier canon et un fiancé ténébreux, tu les fais tomber comme des mouches les garçons. Rigola-t-elle, mais tu as bien fait de fuir ce Nathanaël, et si je le croise, tu peux être sûre que je lui fais la peau pour t'avoir embrassé sans ta permission et pour t'avoir fait des propositions indécentes. Annonça-t-elle la mâchoire serrée.

- Malheureusement, je pense que je vais le recroiser assez vite. Enfin, je ferais en sorte de l'éviter au maximum. Dis-je complètement découragé d'avance.

- Ne t'en fais pas, je suis sûre que Mattéo te protégera. Et du coup pourquoi cet alitement forcé. Demanda-t-elle curieuse.

- Et bah, je pense que c'est ce qui t'attend ce soir ou demain ma petite. Mes ailes ont commencé à pousser... Et je peux t'affirmer que ça fait un mal de chien !

- Ouais, il parait... Mon père m'a prévenu. Dit-elle apeurée.

- Ne t'en fais pas un peu de paracétamol et on est nettement soulagé. Et tu sais que tes parents et moi, on est là pour toi ! » Lui souris-je.

Nous avons passé le reste de l'après-midi à papoter de tout et de rien, des derniers potins du lycée en passant par les révélations que le père de Léana lui avaient faites. En fin de journée, elle commença à avoir mal au dos, elle décida de rentrer chez elle pour qu'elle puisse vivre ça en famille et son ami l'antalgique.

Le reste du week-end se passa relativement bien, mon père fut aux petits oignons pour moi, et j'eus quelques nouvelles de ma meilleure amie qui, tout comme moi, le jour de ses dix-huit ans, eut la surprise de constater deux trous se former dans son dos.

J'avais réussi à esquiver Nathanaël tout le week-end en restant recluse dans ma chambre au palais et en m'endormant le plus vite possible pour retourner sur terre.

Par chance, mes plaies avaient arrêté de saigner et commençaient à se refermer en laissant place à une petite excroissance osseuse. Les pansements ne servaient désormais qu'à limiter les frottements contre mes vêtements. La douleur étant elle aussi tout à fait supportable, je décidais d'aller en cours le lundi matin pour ne pas avoir d'absence injustifiée au lycée.

Endormie par les médicaments, je n'avais pas entendu le réveil et ce fut la sonnette de la maison qui me réveilla. Mince ! J'enfilais un jean et un tee-shirt en vitesse attrapa mon cartable et ouvrit la porte précipitamment en lançant « désolée d'avoir été aussi... Longue » Le dernier mot mit du temps à venir, car au moment où je fixais les yeux sur

Mattéo, je m'aperçus que son visage si beau visage était tuméfié.

Mes yeux s'arrondirent de terreur, son visage séduisant d'ordinaire était méconnaissable, les yeux au beurre noir, le nez légèrement tordu et la lèvre supérieure, tout œdématié. J'entrebâillai la bouche pour crier à l'aide, mais il m'en empêcha en plaquant sa main sur ma bouche, « ce n'est pas aussi grave que ça en a l'air » tenta-t-il de me rassurer en me faisant un sourire qui accentua la laideur de son visage, le faisant tout à coup ressembler plus à Quasimodo qu'à un ange. Tant pis pour l'école, il fallait préalablement que je soigne Mattéo avant toute chose. Je le tirais par la manche pour le faire entrer de force dans la maison, le traînant jusqu'à la salle de bain pour avoir accès à la trousse de premiers secours.

Je le fis s'asseoir sur le rebord de la baignoire pendant que je préparais de quoi le soigner. « Princesse, est-ce qu'il s'est passé quelque chose ce week-end dont vous ne m'auriez pas parlé. Vous n'êtes pas sortie du palais et samedi, vous n'êtes pas allé voir Mlle Léana. » Me questionna-t-il de façon désinvolte. Je me mis à rougir comment pouvait-il se douter de quelque chose, était-il si limpide de lire en moi ? « Ho rien de spécial » mentis-je pour ne pas l'inquiéter. Mais il pencha sa tête légèrement sur le côté et me regarda d'un air sceptique, il avait deviné que j'essayais de lui dissimuler quelque chose. Il fallait effectivement que j'améliore ma capacité à mentir. Il ne prononçait rien, mais son regard suffit à me faire culpabiliser « d'accord, je veux bien te dire ce qu'il s'est passé, mais je veux qu'en échange, tu me révèles qui t'a fait ça ! » Lui imposais-je. Il céda et approuva d'un signe imperceptible de la tête pour m'inciter à commencer.

Je lui racontais donc tout ce qui s'était passé ce week-end et plus précisément vendredi soir et samedi matin lors de mon retour sur terre après que nous nous soyons quitté à Mesa de Oro. Je n'ai pas omis le fait que Nathanaël m'avait plaqué contre le mur un peu fort ce qui avait dû inciser mes plaies et que je m'en étais rendu compte seulement au petit matin et que cela m'avait beaucoup fatiguée et donc c'est Léana qui est venue me voir. Je lui racontais ça en désinfectant ses plaies, nous étions en train de louper la première heure de cours il fallait donc que nous nous dépêchions un peu, de plus je sentais mon téléphone vibrer dans ma poche Lé devait s'inquiéter de ne pas me voir. Mais avant tout, il fallait que Mattéo exécute sa part du marché.

« Bon à ton tour, dit moi, qui est l'enfoiré qui t'a passé à tabac !

- C'est... Commença-t-il en détournant le regard.

- C'est ? Insistais-je fermement. Il n'allait pas s'en sortir aussi aisément !

- Votre fiancé. » Lâcha-t-il amèrement.

Je n'en revenais pas ! Je savais que Nathanaël n'était pas des plus sympathique et qu'il était légèrement brusque et beauf, mais de là à s'en prendre physiquement à quelqu'un cela me surprenait. Bon, il fallait aussi avouer que je ne le connaissais pas aussi bien que je le devrais au vu de notre statut. De plus, je ne saisissais pas la raison qui pourrait justifier son geste, même si aucun motif n'excuserait ce qu'il avait fait. Je m'apprêtais à demander à Mattéo s'il connaissait la raison de son geste quand soudain, je vis mon père sur le pas de la porte sous le choc. Qu'avait-il entendu de notre conversation ? Au vu de sa tête, je dirais qu'il avait entendu le principal et en particulier la partie ou Mattéo parlait de mon fiancé...

Un silence pensant s'était abattu sur la salle de

bain, personne n'osait parler. Mattéo contemplait ses pieds grandement gênés d'avoir provoqué cette situation, mon père avait les yeux dans le vide comme s'il venait de recevoir une claque monumentale. Pour ma part, j'étais rouge pivoine, embarrassée que mon père ait appris la nouvelle comme ça, ou plutôt qu'il l'ait appris tout court. « Tu... Tu... Tu as un fiancé ? Finit-il par articuler.

- Oui... Mais papa est-ce qu'on peut en parler calmement ce soir, je ne voulais pas que tu l'apprennes de cette manière. Mais je suis déjà excessivement en retard pour aller à l'école. Donc promis ce soir, on mange tous les deux et tu pourras me formuler toutes les questions que tu veux ! »

Mon paternel approuva d'un signe de la tête, je pense qu'en tant que personne très cartésienne, il avait besoin de temps pour saisir le contexte. Le repas serait alors l'occasion pour tous les deux de parler de la situation a froid. Il repartit alors à ses occupations errant dans le couloir tel un zombie. Avec tout ce remue-ménage, le prochain cours allait commencer dans dix minutes et la prof de maths ne nous laisserait pas rentrer en classe si nous arrivions après la sonnerie.

À peine sorti sur le perron et comme si Mattéo avait interprété à nouveau mes pensées il revêtit son apparence angélique, il me prit dans ses bras et décolla à toute vitesse.

La ville était tellement belle vue de là-haut, si dans toutes les choses qui étaient en train de m'arriver, voler était celle que je préférais le plus. Vivement que mes ailes aient fini de pousser !

Mattéo nous posa derrière le gymnase et après s'être retransformé, nous courûmes à toute vitesse pour aller à notre cours de mathématiques. Et par chance la sonnerie retentie au moment nous nous mîmes un pied dans la salle, Léana me lança un regard interrogateur lorsque je m'assis à côté d'elle.

Alors que le cours commençait, je me suis mis à raconter le plus discrètement possible la raison de mon absence à Léana. Madame Mathématiques voyant qu'en plus d'être arrivée sur le fil, je ne suivais pas vraiment son cours décida de m'envoyer au tableau résoudre l'équation suivante au tableau. J'étais mal barré, car je n'avais rien suivi de la leçon, ce qui pouvait donner une occasion en or à la prof de me coller pour retard et inattention. Je saisis mon courage à deux mains, mais sur le chemin du tableau la confiance commençait à m'abandonner et que j'eus saisie la craie, je m'apprêtais à avouer mon crime quand soudain, j'entendis « mettez un égal en dessous du premier. »

Cela me déstabilisa de percevoir à nouveau cette voix, ce qui me fit sursauter et je fis tomber la craie. Cela provoqua l'hilarité générale et fit perdre patience à l'enseignante qui exigea le silence. La voix continua à me parler, et me dicta toutes les étapes de calcul, je faisais en sorte d'être le plus naturel possible et je devais être bonne comédienne, car la prof n'en revenait pas. Puis je retournais à ma place de nouveau toute retournée par ce qui venait de se produire, mais vraiment satisfaite d'avoir cloué le bec à la prof et d'avoir évité la colle.

À la pause de midi, pendant que Léana et Mattéo partirent à la cafétéria pour s'acheter à manger, je me rendis aux toilettes pour examiner mes pansements. Léana avait de la chance elle avait visiblement cicatrisé plus vite que moi ses plaies n'étaient plus à vif et la structure de ses ailes étaient plus avancée.

Une fois aux toilettes quelques filles de ma classe exploitèrent l'absence de mes deux gardes du corps pour s'approcher de moi et je me doutais bien que la conversation n'allât pas être très amicale. « Ho truc ! M'interpella l'une d'entre elles. Je ne répondis pas, mais l'une d'elles m'attrapa le bras pour me forcer à leur faire face.

- Depuis quand Mattéo traîne avec deux paumés comme vous hein ?! Et qu'est-ce que vous lui avez fait au visage ! »

Mais voyant que je ne répondrais pas, elles commencèrent à mes bousculer dans tous les sens et au moment où l'une d'entre elles me tapa dans le dos, je dus me mordre la lèvre afin de réprimer mon cri.

Mais, ce furent les filles autour de moi qui se mirent à crier, je compris que la cause était le sang que l'une d'elles avait sur les mains et qui provenait de mon dos. Non mais vraiment pourquoi les gens s'acharnaient-ils sur moi comme ça ? Mais avant d'avoir pu formuler quoi que ce soit pour me justifier, Mattéo était apparu à mes côtés, me prit dans ses bras et m'emmena à l'étage.

Pour éviter l'agitation dans les couloirs nous nous cachâmes dans un tout placard à balais exigu. Le cagibi était si étriqué que je pouvais sentir le souffle de Mattéo sur la peau de mon visage. Je me sentis rougir, ma peau s'enflammait et je ne pouvais pas le cacher tellement, j'étais collé à lui ce qui a eu pour effet bénéfique de me faire oublier la douleur. Je ne pouvais définitivement pas renier mes sentiments pour lui. J'espérais sincèrement qu'il ne sentait pas mon cœur battre. Il cognait tellement fort dans ma poitrine qu'il aurait pu en sortir si cela était vraisemblable.

Puis je regardais Mattéo, lui aussi semblais avoir

rougis et cela ne présentait aucun rapport avec ses blessures, j'en étais convaincu. Brusquement, la sonnerie retentit, l'agitation d'il y a quelques instants se transforma en un silence de mort, c'est comme si nous étions seuls sur terre. Je m'aperçus qu'il avait approché son visage du mien, il se rapprochait de plus en plus, mais semblait hésitant. Pour lui montrer que moi aussi, j'en avais envie, je rapprochais mon visage également.

Je fermais les yeux en attente de son baiser, enchantée que cela arrive enfin, je le sentais tout près, mais au moment où il allait fixer ses lèvres sur les miennes, la porte du placard s'ouvrit. Je fixais méchamment qui venais de briser un moment aussi magique et je fus surprise de voir qu'il s'agissait de Nathanaël.

Que faisait-il au lycée ? Je n'eus même pas le temps de prononcer un mot qu'il m'avait déjà extirpé violemment des bras de Mattéo. D'un air venimeux qu'il me faisait encore plus peur que d'habitude. « Que fais-tu avec ma femme ? Gronda-t-il.

- On n'est pas marié à ce que je sache, rétorquais-je, maintenant lâche moi ! » Criais-je.
Mais il plaqua sa main sur ma bouche afin de ne pas alerter les professeurs. Il fallait vraiment qu'il se défasse de cette manie !

Et pour la première fois de ma vie, j'aperçus de la peur dans les traits de Mattéo. Je sentais à présent qu'il était terrifié par Nathanaël et je m'en voulais énormément, car à cause de moi et de mon envie de l'embrasser, il allait de nouveau avoir des ennuis.

CHAPITRE 5

J'étais en train de passer l'une des pires journées de ma vie, après que Nathanaël ait renvoyé Mattéo à Mesa de Oro, ce premier m'annonça qu'il avait lui aussi intégré le lycée pour passer plus de temps avec moi afin d'apprendre à me connaître avant le mariage. J'ai en conséquence décidé de passer davantage plus de temps avec Léana afin de ne pas avoir à le supporter plus que de raison.

Suite à cet incident, nous sommes bien évidemment arrivés en retard au cours du début d'après-midi ce à quoi Nathanaël s'excusa avec un grand sourire « je suis désolé, je suis Nathanaël le nouvel élève. J'étais perdu dans les couloirs et Rosalie s'est gentiment proposé de m'accompagner ». Sur ce, le professeur nous excusa et pria Léana de changer de place pour que le pauvre garçon soit à côté d'un visage amical afin de favoriser son insertion au sein de la classe. Quelle blague ! Il est incontestable que je suis la fille la plus populaire et ayant le plus de relation avec les autres élèves de cette école, de plus ce baratineur de premier ordre n'était pas là pour étudier et se faire des amis...

Malgré l'interdiction d'utiliser les téléphones portables pendant les cours Lé et moi étions obligées d'éclaircir la situation afin d'élaborer un plan au plus vite. « Non mais c'est qui ce type ?

- C'est Nathanaël mon « fiancé » mais il faut à tout prix que je l'évite !

- Noonn !! C'est lui ? Il est carrément canon, si tu ne le veux pas, je le prends.

- Lé, ce n'est pas le moment ! Qu'est-ce que je fais ?

- Simule un malaise, ils appelleront l'infirmière et quand elle verra que tu ne vas pas trop mal elle appellera juste ton père et moi, je te rejoins ce soir. »

Ne voyant aucune autre option se présenter à moi, je décidais de me lancer. Je dus rassembler tout mon courage et mon talent de comédienne afin de paraître crédible. J'ai donc levé la main pour dire que je ne me sentais pas très bien pour finalement tomber au sol de manière théâtrale devant toute la classe. Avant de « reprendre connaissance » une minute plus tard une fois qu'ils avaient tous paniqué et appeler l'infirmière. Et oh miracle le plan se déroula comme prévu, mon père arriva une demi-heure après le coup de téléphone, paniqué demandant si tout allait bien. Une fois dans la voiture, je le rassurais en lui disant qu'il s'agissait seulement d'un bref coup de fatigue et que tout allait bien, puis le silence s'installa.

Avec tout ce qui s'était passé aujourd'hui, je ne me sentais pas vraiment d'attaque pour entretenir la fameuse discussion avec mon père ce soir. Mon père étant psy et pas mauvais au vu du nombre de clients qu'il recevait au cabinet, vit immédiatement que quelque chose d'autre que la fatigue me tracassait. « Ta journée s'est bien passée, mis à part l'incident sans gravité ? » Demanda-t-il pour engager la conversation. Je sentis les larmes me monter aux yeux, je ne répondis pas, peut-être en étais-je tout simplement incapable. Je savais que nous avions besoin de discuter, mais j'avais besoin d'un peu de temps pour moi afin de me remettre de cette journée de fous.

C'est donc mon père qui prépara le repas, il avait

annulé tous ses rendez-vous de la soirée pour que nous puissions dîner tous les deux. Une chose, qui soulignons-le, arrivait exceptionnellement en dehors de Noël et des anniversaires vu que papa bossait tard tous les soirs.

Bien sûr, ce qu'il avait préparé n'était pas de la grande gastronomie, mais au moins l'attention était là, il avait cuisiné le souper de A à Z, avec une entrée, un plat, du fromage et avait acheté mon dessert préféré à la pâtisserie, un framboisier. J'étais ravie bien qu'étonnée qu'il s'en soit souvenu.

Nous avons commencé à manger en échangeant des banalités ne sachant ni l'un ni l'autre comment en venir au sujet compliqué. Je décidais de me jeter à l'eau « pour répondre à ta question de tout à l'heure, dans la voiture, précisais-je, non ma journée ne s'est pas hyper agréablement passée.

- Tu veux qu'on en parle ? Demanda-t-il, il avait vraiment l'air de s'intéresser à moi.

- Et bien comme tu l'as appris ce matin, je... J'ai un fiancé, il se nomme Nathanaël. Son visage se durcit, mais ne m'interrompit pas. Et tu connais déjà Mattéo.

- Pas vraiment. Répondit-il sans conviction.

- Et bien Mattéo est un ange comme tu dois t'en douter, il est mon garde du corps en quelque sorte, sauf qu'on s'est pas mal rapproché ces derniers temps. Mais Nathanaël est très possessif et sûr de lui, je pense qu'il a senti que je faisais tout pour l'éviter depuis que j'ai appris que Mesa de Oro était bien réel. Du coup, il a tabassé Mattéo et a débarqué au lycée pour me surveiller de plus prêt. Pour tout te dire, je n'ai pas réellement été victime d'un malaise aujourd'hui, c'était une combine pour l'éviter le reste de la journée. J'étais à bout de souffle d'avoir balancé toute l'histoire d'un coup, mais je me sentais soulagée d'en parler à quelqu'un d'autre que Léana.

- Je reconnais nettement la vie d'une adolescente, mais visiblement ton sang d'ange te rajoute bien des ennuis. » Dit-il la mâchoire crispée.

La conversation en resta là, il se leva et me fit signe de le suivre. Nous nous sommes rendu dans son bureau, il se dirigea vers l'un de ses tableaux qui ornait les murs pour rendre la pièce plus chaleureuse afin de permettre à ses patients de se sentir en confiance. Il le décrocha du mur ce qui fit apparaître un coffre-fort, il tapa la combinaison et en sorti un énorme bouquin. Il referma le coffre et se retourna vers moi : « Tiens, je pense qu'il est temps que tu découvres qui tu es réellement, ta mère a laissé ce livre afin que lorsqu'il serait temps pour toi d'en savoir plus sur tes origines, cela puisse t'aider si elle venait à ... »

Mon père ne finit pas sa phrase, mais je savais parfaitement ce qu'il voulait dire : si jamais elle venait à disparaître et qu'elle ne serait en conséquence plus là pour me l'expliquer par elle-même. Je saisis le livre, il avait l'air très vieux, sa reliure en cuir était toute craquelée et sa couverture incrustée de pierres fines qui devait certainement valoir une petite fortune.

La première chose à laquelle j'ai pensé en voyant ce gros bouquin, c'est qu'on aurait dit un grimoire de sorcellerie. Je ne comprenais pas comment un vieux livre poussiéreux allait pouvoir m'aider, je lançai un regard interrogateur à mon père pour tenter d'en savoir plus. Il enchaîna : « Rosalie, ceci est le livre sacré de Mesa de Oro, toutes les informations concernant les anges y sont répertoriées. J'aimerais que tu le lises. Je ne suis pas vraiment la personne adéquate pour t'enseigner ces choses-là. Seul un ange peut ouvrir ce livre, je n'ai ainsi pas pu l'ouvrir. »

J'observais successivement mon père et le grimoire, j'entrouvris la bouche pour demander plus de précisions, mais il me coupa dans mon élan : « Rose, consulte ce livre. Je te parlerais de maman et de ce qui t'arrive si tu en éprouves le besoin. Mais avant toute chose, j'aimerais que tu embrasses cette partie de toi. »

Sur ce, il se leva et sortit de la pièce, me laissant en tête-à-tête avec le livre. Il m'avait dit que nous parlerions, mais à la place, il m'avait donné un vieux livre qui avait l'air de dater d'avant la création du monde, ce n'étais pas ce que nous avions convenu ce matin, ce qui m'énerva un petit peu.

Mais s'il fallait lire cette vieillerie, je la lirais. Une fois la cuisine rangée, ma douche prise et mon pyjama enfilé, je me rendis dans ma chambre où je tombais nez à nez avec Léana qui avait débarqué comme prévu. J'étais contente qu'elle soit là nous allions pouvoir découvrir ensemble le monde que nos parents nous avaient caché pendant presque dix-huit ans. Nous nous sommes installées confortablement dans mon lit pour entreprendre la lecture fastidieuse qui nous attendait, car ce bouquin devait avoir plus de mille pages, on aurait dit les douze tomes de l'encyclopédie de Diderot et d'Alembert réunie en un seul ouvrage. La nuit allait être interminable.

Contrairement à ce que je m'étais attendu, la lecture se fit plus passionnante que prévue. Pour l'instant, nous n'avions pas appris grand-chose de plus que ce que nous savions déjà mis à part une sorte de prophétie ou de mise en garde, je ne sais pas trop comment le qualifier. Cette information disait qu'une relation entre un être démoniaque et un ange au sang pur (ce qui exclus les anges déchus) engendrerai un puissant être hybride qui serait alors incontrôlable et qui pourrait provoquer la fin de l'espèce humaine. Rien que d'y penser cela faisait froid dans le dos...

J'étais tellement absorbé par ma lecture voulant à tout prix trouver des réponses à mes questions et esquiver Nathanaël que je n'avais pas vu passer l'heure. Léana m'avait abandonné pour rejoindre Morphée et moi-même, je commençais à somnoler, je décidais donc de descendre avaler un café pour me tenir éveillé. Je sais mon envie d'échapper à mon fiancé devenais maladif, mais après ce qu'il avait fait à Mattéo, j'avais de plus en plus peur de lui, donc le supporter en classe serais bien suffisant à mon goût quitte à ne plus dormir jusqu'à que mes ailes soient en mesure de me faire voler.

Je descendais les escaliers pour regagner la cuisine pour me faire couler un ristretto lorsque je vis de la lumière sous la porte du bureau de mon père. Je savais qu'il avait tendance à travailler tard, mais d'habitude, il est quand même couché à cette heure-ci. Éprouvait-il lui aussi du mal à trouver le sommeil avec toute cette histoire ? Je m'approchais de la porte et m'apprêtais à entrer quand soudain, je saisis une autre voix que celle de mon père et elle n'avait rien d'amicale : « Où est le livre ? Gronda la voix de l'inconnue.

- Je ne vous que je ne sais pas où il est ! » Répondit mon père d'un ton tremblotant.

Mais à ce moment, je discernai un son de verre qui se brise contre le sol puis le bruit sourd d'un corps qui s'écrase à terre, mon sang ne fit qu'un tour. Et à cet instant, malgré la terreur qui me parcourait, j'eus une montée d'adrénaline, il fallait que je tente quelque chose pour sauver mon père ou du moins pour tenter de l'aider, alors sans prendre le temps de réfléchir à un plan, j'ouvris la porte d'un seul coup. L'agresseur pivota la tête et paru déconcerté par ma présence, croyait-il être seul avec mon père, j'eus à peine le temps d'apercevoir ses yeux d'un rouge écarlate, avant qu'il ne s'envole en brisant la fenêtre au passage. J'étais terrifié, je repensais à cet homme sombre, avec ses ailes et ses cheveux d'un noir macabre, la seule et unique chose qui se distinguait était ses yeux d'une intensité à couper le souffle.

Soudain, un gémissement retentit et me fit reprendre mes esprits, j'aperçus mon père au milieu de livre et de verre brisé. Il saignait un peu à cause du verre qui lui avait coupé la chair par endroit ce qui devait le faire souffrir, ce que son visage, tordu par la douleur, me confirma. Je courus l'aider à se relever, à s'asseoir et je ressortis la trousse de secours pour la deuxième fois de la journée. Une fois soigné, il me demanda : « Rose, que faisais-tu ici ? Sa voix tremblait, il paraissait un peu sonné, peut-être avait-il une commotion cérébrale, ce qui me fit un peu peur.

- J'étais venu à la cuisine boire un café, répondis-je, mais qui était-ce ? Continuais-je totalement paniqué.

- Je... Je ne sais pas, mais à son apparence je... Je pense qu'il s'agissait d'un démon. Ou d'un ange déchu. Mais je ne comprends pas, ils ne sont pas censés pouvoir entrer dans la maison, les gardes royaux ont fixé une barrière protectrice autour de la maison. »

Les derniers mots qu'il avait prononcés me rappelèrent la lecture que j'avais faite quelques heures plus tôt concernant la destruction du monde ce qui déclencha en moi un frisson, mais il continua ne s'apercevant pas de mes rêveries : « Rosalie, je veux absolument que tu aies en permanence le livre sur toi, pour que personne ne le trouve et surtout pas un démon. Mattéo demeure ton gardien, il saura te protéger en dehors de la maison.

- Mais papa seul un ange peut ouvrir le livre, tu l'as dit toi-même. Il me sourit, mais pas joyeusement loin de là.

- Ma chérie, tu as consulté une partie du livre, non ?

- Oui, mais...

- Laisse-moi finir, me coupa-t-il fermement, si tu as déchiffré le passage sur les démons, tu dois donc savoir qu'une partie de leur espèce sont des anges à part entière, des anges qui ont commis des erreurs gravissimes et qui ont été bannis de Mesa de Oro, autrement dit : des anges déchus. D'après ce que m'a dit ta mère, ils conservent tout de même une partie de leur pouvoir d'ange, ouvrir le livre en fait partit, c'est pour cela qu'elle m'a fait promettre de le cacher à tout prix »

Malgré mon manque de sommeil, je tentais de me rappeler le chapitre les mentionnant, et effectivement le chapitre 4 parlait d'eux et en partie de leur origine. Certains démons étaient des anges qui ont été expulsés du royaume s'il avait commis un acte impardonnable et de ce fait leurs cheveux et leurs ailes devenais noirs comme du charbon, quant à leurs yeux, ils devenaient rouges quand ils éprouvaient une soif incontrôlée d'extirper la vie à un être vivant.

Je repensai aux yeux de l'intrus, puis je pensais à mon père tout seul sans défenses, si je n'étais pas intervenue que lui serait-il arrivé ? Serait-il encore de ce monde ? Je ne préférais pas y penser, je ne voulais pas perdre la seule personne au monde qui me restait, sans m'en rendre compte, je m'étais jeté dans les bras de celui à qui je tenais tant, mon papa et de grosses larmes coulaient sur mon visage.
Quant à lui, il me caressa les cheveux comme il le

faisait quand j'étais enfant pour me rassurer.

Les horreurs que nous avions vécues allaient éventuellement nous rapprocher, pour la première fois depuis l'accident de ma mère, j'avais l'impression d'avoir un père. Et je dois dire que ça fait plaisir de pouvoir compter sur la personne que l'on aime, pouvoir pleurer sans retenue. Car oui, même si mon père ne s'est pas beaucoup occupé de moi ces dix dernières années, je l'aimais du plus profond de mon cœur, juste comme une fille peut chérir son père et comme un papa aime son enfant.

Le vacarme qu'avait produit l'agression de mon père avait réveillé Léana qui nous rejoignit en courant dans la cuisine en nous demandant ce qui venait de se passer. Mon père ne fut pas vraiment surpris de la trouver à la maison, il savait parfaitement qu'elle passait par la fenêtre de ma chambre de manière assez régulière. Après un bref résumé mon père décida de la raccompagner chez elle pour qu'elle ne rencontre personne de malfaisant sur le chemin du retour.

Une fois seule, je décidais de ne pas prendre de café et de m'accorder quelques heures à Mesa de Oro, j'éprouvais le besoin de parler à l'homme que j'aime.

En-dehors du fait que Mattéo était d'une beauté à

couper le souffle, j'avais appris à le connaître au fur et à mesure que nous avions passé du temps ensemble. Il me faisait rire, nous étions sans cesse sur la même longueur d'ondes et j'adorais lui inculquer des choses de la vie terrestre. Ma tête à peine posée sur l'oreiller, j'ouvris les yeux au palais et partie en courant au village dans l'espoir de localiser sa maison.

Mais je ne décelais rien, je ne connaissais pas le village et malheureusement, je ne pouvais toujours pas voler, alors au bout d'une demi-heure, je décidais d'interpeller un passant pour lui demander mon chemin. Après l'avoir remercié par une menue pièce d'argent, je me remis en route. D'après lui la maison se trouvait sur une modeste colline entourée d'arbre en fleurs, une fois de plus mes ailes m'auraient fait gagner plus de temps.

Mais la maison fut aisée à trouver et il y avait de la lumière, heureusement, car je n'éprouvais aucune envie de le réveiller, lui ou sa famille. Je me dirigeai vers la porte pour frapper quand soudain, il atterrit devant moi ce qui me fit sursauter. Je voulus lui prendre la main pour lui exprimer ma joie de l'avoir retrouvé, mais aussitôt ma main eue effleurée la sienne qu'il se déroba.
Pourquoi une telle réaction après ce que nous

avions failli échanger dans le placard à l'école, mais étais-je la seule à croire que quelque chose se passait entre nous ? Et avant que je puisse revendiquer quoi que ce soit il me balança une phrase tellement violente qu'elle me coupa le souffle : « Princesse, je ne viendrais plus au lycée » sa voix était ferme froide et déterminée.

Pourquoi est-ce qu'il me disait une telle chose ? Je ne comprenais pas ce qui était en train de se passer. Quel était ce changement d'attitude depuis que nous nous étions vus quelques heures plus tôt au lycée. Était-ce encore un coup de Nathanaël ? Quelle qu'en soit la cause, il n'était pas question qu'il m'abandonne ! J'avais besoin de lui d'une part parce qu'il était mon gardien et d'autre part parce que j'étais amoureuse de lui.

D'un seul coup, les mots sortirent tout seuls de ma bouche : « Mais Mattéo ! J'ai besoin de toi, les larmes coulaient à présent, comment vais-je faire sans toi qui me protèges ? Et Nathanaël, tu y as pensé, tu sais parfaitement ce qui veux faire avec moi ! Mattéo je t'en prie ne me laisse pas, je ne peux pas vivre sans toi, tu es avec moi depuis que je suis toute petite même si je ne m'en rendais pas compte t'as toujours été tapis dans l'ombre ! Tu ne peux pas me faire ça ! C'est trop cruel ! »

Les larmes inondaient à présent mes joues et mes jambes se dérobèrent, je tombais à genoux sans pouvoir me relever. Il s'approcha de moi, mais s'arrêta net, j'ai cru une seconde qu'il allait venir me réconforter comme il l'avait toujours fait jusqu'à maintenant, mais ce ne fut pas le cas, au lieu de ça, il me dit : « Ne vous en faites pas pour votre protection votre fiancé s'en chargera à merveille, il le fera volontiers, voire mieux que moi. Il tourna les talons avant de se retourner en ajoutant : ah et tous mes vœux de bonheur, je vous souhaite une vie prospère avec Messire Nathanaël. » Sur ces mots il me laissa seule devant la porte et rentra chez lui.

Comme pour compatir à mon chagrin, dame nature fit tomber la pluie camouflant ainsi mes larmes. Je pris quelques instants pour me ressaisir, les genoux dans la boue, les vêtements trempés et un trou béant à la place du cœur. Malgré la douleur qui me tiraillait la poitrine, je fis l'effort de me relever pour rentrer au palais. Je fus même surprise de voir que j'étais capable de courir malgré le rejet que je venais de subir. Beaucoup trop d'événements désagréables m'arrivais ces temps-ci, je jugeais la vie bien injuste, entre la mort de ma mère et tout ce que je venais de découvrir sur ma véritable nature. Je savais pertinemment que je ne pouvais rien y changer, mais tout de même, vous n'allez pas me dire que sur les 7 milliards d'habitants que compte la terre le destin ne pouvais pas trouver quelqu'un d'autre à embêter ne serait-ce que pour quelque temps ?

Je laissais cette question sans réponse en laissant mes jambes trouver seules le chemin du retour sans faire attention au paysage, ni aux gens qui m'entouraient, de toute façon, j'avais les yeux trop embués par la pluie et mes larmes pour voir quoi que ce soit. Soudain, je me mis à ralentir afin de voir où j'étais, malheureusement courir sans regarder vraiment où l'on va ne nous amène pas toujours où l'on veut. J'étais allée dans la direction opposée du palais et m'étais retrouvé dans les bois. La pénombre était de plus en plus dense et j'étais entièrement perdue, dans un moment d'inattention de ma part, je fis une chute des plus ridicule pour me retrouver à nouveau le nez dans la boue.

Cette fois, je ne pris pas la peine de me relever, à quoi bon de toute manière, je n'avais qu'à m'endormir pour me réveiller tranquillement demain matin dans mon lit sur Terre. Je me recroquevillais, en position fœtale, contre les racines d'un arbre pour continuer à me morfondre. Pourquoi Mattéo, m'avait-il banni de sa vie comme ça ? Je soupçonnais l'implication de mon abominable fiancé, mais tout de même, il avait toujours été là pour moi, même tapis dans l'ombre, il conservait toujours un œil sur moi, et là sans explication, il me délaissait ? C'était à n'y rien comprendre.

De plus maintenant que Mattéo ne faisait plus partie de ma vie Nathanaël avait le champ libre pour faire ce qu'il voulait. Il n'allait pas se gêner pour abuser de moi, une reine avait-elle droit de porter plainte pour viol ? Ou mieux de demander une injonction d'éloignement ? Mon esprit continua à vagabonder, mais malheureusement, le sommeil n'était pas au rendez-vous. Je maudis mère nature d'avoir fait chanter les oiseaux et perler la rosée quand le soleil pointa le bout de son nez comme pour me narguer, pour me rappeler que malgré ma souffrance la vie continuait pour le reste du monde.

Pendant un instant, j'ai eu l'impression que la rosée, c'était posée uniquement sur mon visage, puis je remarquais qu'il s'agissait en fait de mes larmes qui continuaient de couler, avais-je seulement arrêté de pleurer cette nuit. La chaleur du soleil ne parvint pas jusqu'à moi, je m'étais trop enfoncée dans la dense forêt, pour que les vagues rayons de chaleur puissent m'atteindre. J'avais froid, j'étais trempée jusqu'aux os et heureusement, mes yeux commencèrent à se fermer à cause de la fatigue, sans me débattre, je me laissais aller dans les bras de Morphée, je n'avais plus la force de lutter contre quoi que ce soit.

Intérieurement, j'espérais que le froid ou la douleur aurait raison de moi, mais malheureusement mon heure n'était pas encore venue, il me restait apparemment des choses à accomplir.

Comme prévu, je me suis réveillée dans mon lit, bien au chaud dans mes draps, cette faculté de téléportation nocturne était tout de même bien pratique. Au vu de l'heure tardive, je décidais de ne pas aller au lycée, j'envoyais juste un sms à Léana pour la prévenir que je ne viendrais pas aujourd'hui, mais qu'il ne fallait pas qu'elle s'inquiète. Je n'avais pas envie qu'elle me pose des questions, je ne me sentais pas prête à parler de tout ça à voix haute.

Quitte à ne pas aller en cours autant mettre mon temps à profit et consulter l'énorme bible angélique que m'avait refourgué mon père. J'avais hâte d'en terminer avec cette antiquité pour que papa et moi puissions discuter en tête-à-tête.

L'après-midi passa plutôt rapidement, le livre n'étant pas des plus ennuyeux quand il était accompagné de plusieurs paquets de bonbons et de mon soda préféré. Et lorsque j'arrivai au dernier chapitre, il était déjà minuit passé. Avec un peu chance, j'aurai esquivé Nathanaël toute la journée au lycée et toute la nuit grâce à cette énorme encyclopédie. Mais lorsque je vis le titre du dernier chapitre : « *Chapitre 32 : les âmes-sœurs.* » mon cœur se serra.

J'avais à peu près réussi à détourner mon esprit de Mattéo et il fallait que ce maudit bouquin me rappelle mon amour perdu. Malheureusement, je ne possédais pas d'autre choix que de le terminer, mon père avait été très claire sur ses instructions, il fallait que je finisse le livre avant de pouvoir lui poser des questions. J'allais ainsi devoir me faire violence et lire jusqu'à la dernière ligne. Je poursuivis donc ma lecture en essayant de faire abstraction de mes sentiments :

« *L'amour chez les anges n'est pas n'est si différent de celui que peuvent éprouver les humains. Tous les anges peuvent vivre de petites histoires d'amour, mais ils sont tous destinés à une seule personne : leur âme-sœur. Si chez les humains elle est extrêmement difficile à trouver vu du nombre d'êtres vivants sur la planète, chez les anges cela est plus aisé, car la population est plus petite. De plus, si les humains n'obtiennent aucune certitude d'avoir trouvé la personne véritable, les anges, eux, bénéficient d'un moyen infaillible : la communication par télépathie.*

Lorsque deux personnes destinées l'une à l'autre se rencontre il n'y a aucun moyen de l'éviter, l'attraction est tellement forte que les sentiments vont immanquablement se développer au bout d'une période plus ou moins longue en fonction de la personnalité de chacun.

Il arrive parfois que l'âme-sœur d'un ange ne se trouve pas à Mesa d'Oro, mais sur terre. Dans ce cas-là, l'humain ne peut percevoir les pensées de l'autre tandis que l'ange, lui, peut uniquement éprouver les émotions de l'autre.

Lorsque ce cas de figure arrive, une demande à la famille royale est nécessaire afin de pouvoir vivre sur Terre, puisque bien entendu, aucun terrestre n'est admis dans le royaume. Si de cette union vient naître une descendance les enfants seront des demi-anges. Les gênes angéliques étant dominants, les enfants posséderont en conséquence toutes les facultés des anges. Et jouiront de la faculté de se rendre à Mesa de Oro par la voie du sommeil jusqu'à que les ailes aient poussées. Il sera alors aux parents de décider s'ils doivent être élevés comment des anges ou comme des humains.

Si l'amour entre anges et terrestre est toléré, il est toutefois strictement interdit d'avoir n'importe quel type de relation avec un être démoniaque. (Cf : chapitre 4 protections de l'univers.).

Depuis plusieurs années, des recherches ont été menées sur le lien qu'il peut exister entre les deux âmes. Il a été découvert une faculté miraculeuse : celle de guérison. En effet lorsque qu'une des deux moitiés a été blessée et que l'autre laisse échapper une larme sincère sur les plaies, cette compétence est tout de même limité et ne dispense pas l'intervention d'un médecin.

Il est aussi impensable de ramener l'être aimé à la vie lorsque celui-ci a succombé à ses blessures. Toute personne ayant essayé s'est retrouvée elle aussi plongée dans la mort.

Fin »

Le livre se terminait donc sur une note très peu

joyeuse, si avoir une âme-sœur comportait quelques avantages cela pouvait être quand même dangereux. J'apprenais également que mon statut de reine m'attribuait le pouvoir ou plutôt la responsabilité d'autoriser ou non un ange à vivre sur terre avec l'amour de sa vie. À moins d'être un monstre, je me demandais bien pour quelle raison un souverain pouvais refuser une telle chose. J'étais à la fois mélancolique et émerveillée devant ce que pouvait réaliser la force de ... L'amour. J'avais du mal à prononcer ce mot sans penser spontanément à Mattéo, et après ce que je venais de lire, je ne pouvais m'empêcher de penser qu'il était mon âme-sœur.

Il était presque deux heures du matin, et je commençais à fatiguer. J'allais poser le livre quand soudain quelque chose tomba sur mon plaid. J'allais me coucher sans y faire vraiment attention quand soudain, je vis qu'il s'agissait d'une photo, mais pas n'importe laquelle il s'agissait d'une de nos photos de vacances quand nous étions encore ensemble, papa, maman et moi. Nous étions tous les trois radieux et bronzés par le soleil de la plage, je ne conservais aucuns souvenirs de ces vacances mais une chose était sûre c'est que j'aurais donné n'importe quoi pour partir à nouveau en famille.

Je me demandai ce que cette photo faisait là-dedans, je la tournai pour essayer d'estimer une date ou n'importe quel indice qui pourrait me révéler sa provenance. Il n'y avait pas de date, en revanche, il y avait un mot écrit à la main, d'une ancienne écriture que je ne reconnaissais pas. Je m'interrogeai, fallait-il que je lise le mot et que faisait-il derrière une de nos rares photos de famille.

Après, mure réflexion, je décidai qu'il ne serait pas dans le livre, qui était le mien à présent, si je ne pouvais pas le lire.

Ma chérie,

Si tu lis ce mot, c'est qu'il m'est arrivé quelque chose et que je ne suis malencontreusement plus de ce monde. Tu peux me croire, je suis sincèrement désolée, j'aurais aimé te voir grandir et te raconter tout ce que tu as étudié dans le livre de vives voix. Je n'ajouterais rien de plus, car j'ai moi-même tout appris de cet ouvrage millénaire.

Je vais juste te donner un conseil de mère à fille : quoi qu'il arrive obéis à ton cœur, c'est le plus important, car grâce à ça, ton père et moi avons pu donner naissance à la plus ravissante et adorable enfant du monde.

Je t'aime, à l'infini et bien plus encore.

Maman.

CHAPITRE 6

Ce mot tomba comme une bénédiction, enfin un peu de douceur alors que mon univers tombait en lambeaux. Je sentis à nouveau les larmes perler au coin de mes yeux, les essuyant juste à temps avant qu'elle ne tombe sur la photo, qui représentait à présent mon bien le plus inestimable. Je sortis de mon lot malgré la fatigue et l'heure tardive, pour me rendre à feutré dans la chambre de mon père. Je savais qu'il chérissait maman plus qu'il ne s'aimait lui-même, et j'espérais que cela lui ferait plaisir apercevoir un souvenir d'elle à son réveil.

Je fus surprise d'observer à quel point mon père avait l'air paisible lorsqu'il dormait. Je lui déposai un baiser sur le front, j'adossais la photo contre son réveil pour être sûre qu'il la trouve avant d'entamer la journée et essayer de lui donner un peu de joie pour le reste de la journée.
Pour ma part, le reste de la nuit m'a paru

extrêmement longue, la lettre de ma mère m'avait redonné la pêche et surtout du baume au cœur. Je me mis à rattraper les cours que j'avais manqués, grâce aux cours que Léana m'avait donnés sachant que je ne m'étais pas rendu en classe, demain allait être, une journée, fastidieuse de cours et de confession, car une chose était sure Lé allait me questionner sur mon absence de la veille.

Le lendemain matin, aucune trace de mon père ce qui était plutôt étrange vu qu'il laissait généralement la vaisselle de son petit déjeuné dans l'évier. Je partis néanmoins au lycée sans me poser plus de questions. Léana m'avait envoyé un message pour m'avertir que son père l'emmenait ce matin et qu'elle me rejoindrait directement en cours, je fus légèrement soulagée de ne pas avoir à m'exprimer sur Mattéo tout de suite.

Une fois au lycée je fus étonné que personne ne vienne me demander des nouvelles de Mattéo, habituellement les filles n'avaient d'œil que pour lui, son absence aurait dû susciter leur attention. Mais je compris vite pourquoi il n'en était rien. Cette bande de groupies sans cervelles avaient déjà saisi une autre proie sur qui se rabattre. Vive la loyauté. Je remarquai alors Nathanaël adossé contre mon casier entouré de son fan-club d'hystériques. Je perçus une rage effroyable montée en moi, j'éprouvais une envie quasiment insoutenable : le frapper de toutes mes forces avec pour seule raison : son existence dans ce bas monde.

Soudain, il m'aperçut, me fit un clin d'œil un petit sourire narquois aux lèvres, comme à son habitude. Cela n'annonçait rien de bon si vous voulez mon avis. Il s'approcha alors de moi sous le regard incrédule de ses admiratrices. Et soudain il se retourna vers elles un sourire et un regard enjôleur et leur dit : « Désolé mesdemoiselles, mais je ne peux pas combler vos attentes, mon cœur est déjà promis à une autre ». Sur ces mots, il déposa un baiser sur mes lèvres, je le laissai faire, je ne détenais pas la force de protester et je me fichais royalement de lui, très vite les filles se dispersèrent, laissant au passage quelques noms d'oiseau.

Ces temps si ma cote de popularité descendait en flèche, je me demande même si elle n'est pas carrément enterrée profondément sans espoir de la voir remonter un jour, et ce, à cause de l'arrivée de l'homme que j'étais censé épouser.

Malgré moi, je succédai à Nathanaël en cours, il tenta de saisir ma main, mais je le repoussais ardemment. Il fallait que j'arrive à tenir, il ne restait que quinze jours d'école avant les vacances. Même si cela paraissait plutôt court comme laps de temps, j'étais persuadée que cela allait représenter une véritable torture. Après tout, chaque personne avait son purgatoire personnel.

La journée fut interminable malgré la présence réconfortante de Léana, Nathanaël ne nous lâcha pas d'une semelle ce qui nous empêcha de discuter de Mattéo, cela évita fortement de rouvrir le trou béant dans ma poitrine. La journée touchait enfin à sa fin et je n'avais qu'une envie, c'était de rentrer chez moi le plus vite possible, je n'arrivais plus à supporter Nathanaël et les regards haineux des autres lycéennes.

Mais mon... « Fiancé » m'en empêcha, il m'invita au parc municipal pour un tête-à-tête. En dépit des nombreuses contestations de ma meilleure amie, toujours prête à me défendre, je n'avais pas osé le contredire, je sachant de quoi il était capable quand il était énervé.

Je le suivis donc sans un mot jusqu'au parc où tout avait commencé. C'est ici que nous avions vu Mattéo et ses ailes immaculées et que nous avions appris que nous étions à demi-ange Lé et moi. Je préférais me perdre dans mes pensées plutôt que discuter avec cet être abject. Nous nous assîmes tout de même sur un banc, un silence de plomb régnait entre nous et rendait l'atmosphère quasiment intenable, ce qui renforça mon envie de prendre mes jambes à mon cou. Mais au bout de quelques minutes, il se leva brutalement et dit : « Rosalie ne bouge pas, je vais chercher des glaces. »

Il se mit à courir en direction du camion de glace, mais se heurta à une personne âgée qui manqua de tomber. Cette dernière n'arrêtait pas de s'excuser face à Nathanaël qui était en train de lui aboyer dessus alors que lui-même était fautif dans cette histoire. Après cinq bonnes minutes de sermon, il s'éloigna puis se retourna une dernière fois vers l'innocente vieille dame qui s'éloignait visiblement sonnée. Une chose était sure si ses yeux pouvaient lancer des balles notre aimable petite dame ne serait plus de ce monde. Puis pendant une fraction de seconde, au moment où j'allais détourner le regard, je saisis un reflet rouge dans ses yeux.

Je réalisais alors que j'avais observé le même reflet dans les yeux de l'agresseur de mon père. Essayant de me ressaisir, je me demandais si j'avais réellement discerné la couleur rouge dans les yeux de l'homme qui m'accompagnait ? N'étais-je pas en train d'essayer de trouver un moyen de partir au plus promptement ? Mais mon papa m'avait toujours répété de ne pas établir de conclusions trop rapidement, il fallait que je cherche plus d'indice afin de lui prendre la main dans le sac. Par la suite, je me mis à réfléchir sur les éléments qui pouvaient prouver la culpabilité de Nathanaël :

Premièrement, ses yeux étaient devenus rouges, du moins, c'est ce que je pensais avoir vu.
Deuxièmement, il demeurait le seul à Mesa des Oro à avoir des yeux et des cheveux d'un noir absolu, ce que je trouvais un peu étrange, mais cela ne suffisait pas à l'incriminer. Après tout, il était éventuellement à demi-ange comme Lé.

Je n'avais pas vu le temps passé, cela devait faire une bonne heure qu'il était parti chercher les glaces et il n'était toujours pas revenu. Quel goujat en plus d'être violent et d'agresser les personnes âgées, il ne possède aucune éducation, il aurait au moins pu me dire qu'il partait au lieu de m'abandonner dans le parc. J'allais me mettre en route pour rentrer à la maison, mais quelque chose dans le ciel suscita mon attention. De la neige, enfin un tout petit et unique flocon, alors que nous étions en plein mois de juin. Je le regardais tomber tandis qu'il semblait se rapprocher de moi, j'étais parfaitement ahuri devant un tel spectacle, mais je le fus encore plus quand la ville prit soudain une couleur noire menaçante, comme une photo en négatif. Mais dans ce ciel devenu aussi sombre que les ténèbres, ce microscopique point blanc et lumineux qui descendait toujours dans ma direction, se rapprochant de plus en plus vite, je pris peur et me mis à courir pour rentrer chez moi, mais le flocon continuait de me suivre à la trace.

Je courais le plus vite possible pour tenter d'échapper à ce flocon à tête chercheuse, mais quelque chose me barra la route ; une bête gigantesque se dressa devant moi, m'empêchant d'aller plus loin. Mais cette créature n'était pas des plus sympathiques car à peine avait-elle posé ses grands yeux globuleux sur moi qu'elle essaya de m'écraser de ses mains colossales pleines de poils. Je pus l'esquiver de justesse même si un de ses ongles interminables et terreux était arrivé à me blesser, l'entaille n'était pas profonde et je saignais à peine. Par chance, comme il était monumental, sa mobilité était réduite et je pus m'échapper en accélérant la cadence. Très vite, je m'aperçus que la créature n'était pas seule, de nombreux être démoniaques sortaient de terre, certains se mettant à tout démolir sur leur passage, d'autres se mettant à ma poursuite.

Par chance, je réussis à regagner la maison avant qu'ils ne puissent me rattraper. Et je ne sais pas par quel miracle, mais les démons se retrouvèrent bloqués au portail de la maison comme si un champ de force les empêchait d'aller plus loin. Je me rappelais soudain que mon père m'avait vaguement parlé un champ protecteur installé par la garde royale autour de la maison. Je courus dans ma chambre pour me cacher au fin fond de mon placard comme une enfant qui a peur de l'orage. Tandis que j'entendais les démons grogner à l'extérieur, je ne savais pas qui appeler à l'aide, d'habitude, j'appelais Léana, mais je ne pense pas qu'elle pouvait accomplir grand-chose dans cette situation précise. Je décidais d'alerter mon père, mais je tombais directement sur sa messagerie, de plus en plus étrange, normalement, il aurait dû être à la maison lui aussi, je commençais sincèrement à m'inquiéter pour lui.

Comme pour confirmer mes inquiétudes, je reçus un sms provenant du portable de mon père, dans un premier temps, je fus soulagé qu'il se manifeste enfin puis je lus le message en question : « *Cher Princesse de Mesa de Oro, nous détenons votre père. Aucun mal ne lui sera fait tant que vous exécuterez nos instructions. Premièrement précipiter le mariage avec messire Nathanaël* ».

En consultant ce message, je sentis mon visage se décomposer, je ne savais plus quoi faire. Il fallait que je trouve un moyen de localiser mon père sans avoir à épouser Nathanaël. D'ailleurs, en quoi cette histoire impliquait à nouveau mon infâme fiancé, pourquoi son nom apparaissait dans ce sms ? Je n'éprouvais aucune envie d'épouser se cèlera ! Est-ce que cela présentait un rapport avec l'agression de mon père hier soir ? Ou bien encore ce que j'avais vu au parc ? Est-ce que tout cela n'était qu'une diversion pour qu'ils aient le temps de kidnapper mon père ? J'éprouvais le besoin de réfléchir calmement à toute cette histoire. Mais tout à coup la peur me gagna de nouveau, en face de moi se tenais le fin flocon qui m'avait suivi lors de la course contre les démons. On aurait dit qu'il dansait, il illuminait le cagibi avec une telle d'intensité que même la lumière éteinte, je discernais distinctement chaque détail de mon dressing. Je le contournais pour sortir précipitamment et me dirigeais vers le bureau pour saisir un livre pour l'écraser.

Mais au moment même où je m'apprêtais à empoigner mon livre de mathématiques, il se posa sur le livre sacré et comme par magie, il s'ouvrit à la page qui parlait de l'apparition des ailes chez les anges. On aurait dit qu'il essayait de me faire comprendre quelque chose, depuis quand, les flocons détenaient des pouvoirs magiques ? J'aurais cru être entraîné dans la folie si je n'avais pas informé de l'existence des anges avant cet événement.

Malgré la peur, je tentais de me rappeler pour la seconde fois ma lecture de ce maudit bouquin. Et effectivement, il y avait une allusion à un petit flocon blanc et lumineux. Chez les anges, le petit flocon représentait l'âme des ancêtres qui venait annoncer la fin du processus de maturation des ailes, cet infime fragment d'âme venant alors se déposer dans les cicatrices afin de faire apparaître les ailes des jeunes anges, une sorte de transmission ancestrale.

C'est à ce moment que je compris que je ne devais pas avoir peur de cette petite boule lumineuse, qu'il s'agissait en réalité de mes ailes, que les jours interminables de souffrance allaient prendre fin, pour laisser place à la joie de voler et de pouvoir me rendre à Mesa de Oro quand bon me semble, et ainsi éviter Nathanaël autant que possible et surtout plus facilement.

À cet instant, la lumière infime s'approcha de moi, pour aller se loger dans mon dos. Mais malheureusement, la douleur était loin de se dissiper ; elle redoubla même d'intensité. Cela faisait si mal que je tombais à genoux, puis comme si un poids incommensurable s'effondra sur moi, je me retrouvais par terre sans pouvoir me relever.

Le dos commençait à me brûler au sens précis du terme. De grandes lumières blanches sortaient des plaies, de grands rayons de lumière qui ondulaient telles des flammes lumineuses. Mais au bout de plusieurs minutes qui semblèrent avoir duré des heures, sans pouvoir bouger d'un pouce, la douleur commença à s'en aller, le feu quant à lui, diminuait, laissant au passage quelques cendres blanches sur le sol ressemblant à de la poussière pailletée.

Quand la lueur dans mon dos eut enfin disparu, je me relevai peu à peu, en me redressant, je discernais le reflet d'une jeune femme ailée dans le miroir qui se trouvait dans le coin de ma chambre. Cette jeune femme, avait-elle réussi à entrer dans la maison malgré les démons qui encerclaient la maison ? J'allais pouvoir quémander de l'aide !

La fille candide était splendide avec des cheveux blonds qui lui arrivaient au bas des reins, son visage était blanc, on aurait dit qu'elle était faite de porcelaine, et ses yeux ; des yeux d'un bleu à couper le souffle ; presque turquoise.

Je me retournais, pour lui adresser la parole, pour l'implorer de m'aider ! Ne voyant personne derrière moi, je restais incrédule, cet ange était-elle seulement dans mon miroir ? Était-ce un passage qui allait me mener immédiatement en sécurité ? J'essayais de franchir le miroir pour la rejoindre, mais je me heurtais à la dureté de la vitre. Je mis un certain temps à comprendre que la femme à l'allure de déesse était en fait mon reflet ; que tout comme Mattéo ou Nathanaël, j'apparaissais sous un jour légèrement différent de mon apparence humaine. J'étais légèrement transformée, mais mon visage et ma morphologie restaient inchangé, seuls quelques détails tel que mes yeux, mes cheveux et la couleur de ma peau, c'étaient modifiés. Et je dois effectivement avouer que mon nouvel aspect me plaisait vivement. Je me sentais belle, je regagnais en assurance. J'aurais aimé que les filles du lycée puissent me voir comme ça, qu'elles puissent enfin réaliser que j'étais digne de Mattéo.

Un tremblement et un bruit sourd me ramenèrent soudain à la dure réalité, la nuit était tombée sur la ville. Malheureusement, les démons avaient visiblement réussi à franchir le portail et se dirigeaient à présent vers la maison. Je n'avais toujours pas trouvé de solution à ma situation désespérée. J'étais seule face à une horde de monstres affamés de chair et de sang, et la porte d'entrée n'allait pas tenir le choc bien longtemps. Il fallait que je trouve quelqu'un qui puisse m'aider à se dépêtrer de cette situation ; mais malheureusement le seul qui aurait été susceptible de m'aider en cet instant, c'était Mattéo, et je ne lui avais pas adressé la parole depuis le jour où il m'avait rejeté.

Toutefois, je n'avais pas beaucoup de temps pour réfléchir à une autre solution, le seul bémol était qu'il se trouvait à Mesa de Oro et moi sur terre... Je n'étais pas sincèrement d'humeur à piquer un petit somme. Puis examinant à nouveau mon reflet dans le miroir, je vis une nouvelle fois mes ailes d'un blanc immaculé, je devais bien pouvoir voler avec ça et rejoindre Mattéo pour lui demander de l'aide.

Seulement, je n'avais pas pensé à prendre l'option cours de vol au lycée et je ne savais absolument pas comment m'y prendre. De toute façon, il fallait que j'essaie, car j'étais à court d'option pour me sortir de ce mauvais pas.
J'ouvris alors la porte-fenêtre de ma chambre qui donnait sur le balcon et retournais dans le fond à

ma chambre afin de prendre un peu d'élan. Je me sentais comme un oisillon que sa mère forçait à sauter du nid pour apprendre à voler et tout à coup, je trouvais les mamans oiseaux bien cruelles.

Ma chambre se trouvait au premier étage, je savais qu'en sautant, je ne devrais pas me tuer, mais je me ferais suffisamment mal pour être totalement à la merci de ses créatures démoniaques. Pendant un court instant, mon esprit se demanda quelle était la meilleure solution entre se rendre sans opposer de résistance ou tenter de voler qui à s'écraser au sol en cas d'échec. Je me secouais la tête, il était hors de question que je me rende ! Ils avaient déjà kidnappé mon père et il fallait que j'élabore un plan pour de le sortir de là !!

Je pris une ample inspiration, repensant mentalement à la lettre de ma mère qui me disait d'obéir à mon cœur, je me mis à penser à Mattéo. J'utilisai mon élan et me mis à courir en direction de la fenêtre en criant à tue-tête pour me donner du courage : « voooolllllllleeeeee !! ». Une fois sur le bord du balcon, sans y réfléchir, je sautais dans le vide sous le regard incrédule des démons en dessous de moi qui avaient un petit sourire satisfait de me voir sortir de ma cachette pour leur tomber tout cuit dans la bouche. Car ne nous mentons pas mon plan comprenait quelques failles, et visiblement, il n'avait pas très bien fonctionné et j'étais sur le point de m'écraser sur le sol...

Fort heureusement la seconde avant que je ne me fasse réduire en bouillie par le béton mes ailes se décidèrent à fonctionner. J'étais donc à présent face aux créatures de Caïn faisant du sur place en lévitation. Si la première étape, qui consistait à déployer mes ailes, avait été franchie et que j'étais par je ne sais quel miracle en train de voler. Il fallait maintenant que je trouve comment piloter. Ne serait-ce pas plus simple avec un joystick ? Je considérais mes ennemies se rapprocher dangereusement de moi, regardant le ciel qui représentait à présent mon unique porte de sortie. Sans que je ne contrôle rien du tout, mes ailes donnèrent l'impulsion qui me projeta loin, au-dessus de la maison m'arrachant au passage un petit cri de stupeur bien ridicule.

Je demeurais une fille qui aimait avoir le contrôle de son corps et de son destin et là, ce n'était pas du tout le cas, j'étais totalement désemparé. J'éprouvais des sentiments totalement en contradiction les uns avec les autres : j'étais extrêmement heureuse de pouvoir enfin voler, car la vue sur la ville et les alentours était sublime, mais j'étais totalement paniqué à l'idée de finir en amuse-gueule pour démon. J'avais réussi à m'envoler, ce qui en soit représentait déjà une victoire, mais je ne savais pas comment me rendre à Mesa de Oro par la voix des airs. Pendant près de 18 ans, j'avais emprunté la voie du sommeil. Comment allais-je faire pour trouver mon chemin, ce n'était pas comme si je pouvais demander à un passant de m'indiquer la route. De plus, il fallait que je trouve un moyen ; car la chose que je n'avais pas prévue dans mon plan rudimentaire, c'était que les démons pouvaient, eux aussi, voler.

Sans aucune raison apparente, je me dirigeais vers la lune, celle-ci m'attirait comme un papillon de nuit vers une lampe. Puis tout à coup alors que je volais tranquillement, je vis apparaître juste devant moi un ange, sorti de nulle part, sans que je puisse freiner nous nous sommes alors percuter de plein fouet. Me faisant perdre mon élan mes ailes me lâchèrent et je fus rattrapée de justesse par cet ange miraculeux.

Trop heureuse de tomber sur l'un de mes semblables, je ne pus m'empêcher de lâcher un soupir de soulagement malgré le vide qui me faisait de l'œil. Néanmoins, ayant été plutôt convenablement élevée, je lui présentais mes excuses : « Je suis sincèrement navrée, je ne voulais pas vous foncer dedans, mais c'est mon premier vol et je ne maîtrise pas entièrement la chose. » Puis soudain je vis d'autres anges apparaître, tout un bataillon armé jusqu'aux dents. Celui que j'avais percuté sembla alors me reconnaître et avec toute la déférence du monde, il me dit : « Votre Altesse, je vous présente mes excuses, j'aurais dû faire plus attention. Mais si vous m'autorisez une question que faites-vous ici ?

- Je me trouvais au parc avec Messire Nathanaël lorsque des démons ont commencé à me poursuivre et comme mes ailes viennent de pousser, je me suis dit que la meilleure chose à faire était de rejoindre Mesa de Oro. Sauf que je ne sais pas comment m'y prendre. » J'avais débité ça tellement vite qu'il ne sembla pas tout comprendre.

Un autre ange vint se mettre à nos côtés et après une brève révérence, il s'adressa à l'autre d'une voie ferme : « Gabriel, escorte sa Majesté jusqu'au palais puis rejoins-nous, nous avons du pain sur la planche ».

Le fameux Gabriel acquiesça, il m'agrippa plus fermement pour ne pas me faire tomber lors de notre vol en tandem. Nous avancions encore un peu plus vers la lune quand soudain nous avons franchi une sorte de gelée, enfin un portail gélatineux qui nous projeta directement à Mesa de Oro. Le *Bifröst* des anges était quand même beaucoup moins impressionnant que celui de *Thor*. Mais j'étais soulagé de me retrouver en sécurité au paradis, Gabriel me déposa devant l'entrée du palais, s'inclina de nouveau et reparti aussitôt combattre les démons sur Terre.

Alors que j'allais rentrer au palais pour réfléchir calmement à la façon dont j'allais localiser mon père, mon cœur se serra et se mit à battre plus fort que jamais comme s'il voulait me faire part de quelque chose, je regardais autour de moi. En contre-bas du château, sur une plus modeste colline, se trouvait la maison de l'homme que j'aimais tant, Mattéo. Ma mère m'avait dit « écoutes ton cœur », devais-je écouter l'unique conseil de ma mère et descendre pour parler de tout ça à Mattéo ?

Ma mère ne m'avait laissé qu'un seul et unique conseil je décidais donc de l'écouter à la lettre même si j'éprouvais une peur viscérale de me faire rejeter à nouveau. Je descendis en direction de la maisonnette, qui était entièrement plongée dans le noir. Je jugeais que j'avais eu suffisamment de sensations extrêmes pour ce soir, donc fini la haute voltige, même si cela me prit plus de temps, pour ce soir la terre ferme était ma meilleure amie.

Pour une fois, je me passais des politesses, tant pis pour l'heure tardive, je toquais à la porte, car je ressentais un besoin vital de voir Mattéo, j'espérais très fort que ce soit lui qui ouvre la porte, pour que nous trouvions une solution.
Les lumières de la maison s'allumèrent, le verrou de la porte sauta et la porte grinça en s'ouvrant.

Mon cœur se fendit en découvrant une femme dans l'entrebâillement de la porte. Elle était délicate, très gracieuse, grande et élancée, elle ressemblait beaucoup à Mattéo, mais avec quelques années de plus, je dirais la quarantaine. Sans trop prendre de risque, je demandais : « Bonsoir madame, je m'excuse de vous déranger à une heure aussi tardive, je suis à la recherche de votre fils. Est-ce qu'il serait là éventuellement ? »

Je ne sais pas si c'est le débit verbal ou la fatigue, mais elle semblait me dévisager comme quand quelqu'un vous a déjà vu quelque part, mais qu'elle n'arrive plus à vous remettre. Puis tout à coup, je vis une lueur dans son regard et en un instant, elle l'inclina : « Votre Altesse, je suis désolée, mais

Mattéo n'est pas ici, avec tous ces démons sur terre, il a été rappelé en renfort et je ne sais pas à quelle heure, il rentrera. En espérant qu'il rentre... ».

La fin de sa phrase me fit tressaillir, je n'y avais jamais réellement pensé. Mais en y repensant, j'avais eu un bref aperçu de quoi les démons étaient capables ce soir, leur soif de sang et de méchanceté était sans limites et tous ces anges que j'avais croisé en arrivant ici était en train de mettre en péril leurs vies pour veiller sur les Terriens. Une peur gigantesque m'envahit alors, une peur pour Mattéo bien sûr parce que j'étais amoureuse de lui, mais une peur naissante s'encra au plus profond de mes entrailles, une terreur pour ses hommes et ses femmes au combat pour le bien de l'humanité, ses anges qui font partie de mon royaume, qui ont des familles qui guettent leur retour dans la peur de ne jamais les revoir en vie. Toutes ces personnes sont sous ma responsabilité, j'en prenais seulement conscience à cet instant et tout ce poids sur mes épaules me fit chanceler rien qu'une seconde. J'allais bientôt être couronnée, il fallait que je commence à penser comme une reine et plus comme une adolescente narcissique. Reprenant la maîtrise de mes émotions, je demandais « Je ne voudrais surtout pas m'imposer, mais cela vous dérangerait-il si je l'attendais avec vous ? Je dois lui parler et c'est plutôt important.

- Au contraire Votre Altesse, cela nous ferait extrêmement plaisir de vous accueillir dans notre humble maison. »

Sur ce, elle m'invita à entrer, la maison paraissait plus spacieuse de l'intérieur que de l'extérieur. Elle était coquette, joliment décorée avec des photos de Mattéo et d'une autre jeune femme que je devinais comme étant sa sœur, un mélange de matières et de couleur et le poêle crépitant dans un coin de la pièce rendait l'atmosphère chaleureuse, je me serais cru dans un cocon, une bulle de bien-être hors du temps, qui me fit oublier tous mes problèmes l'espace d'un instant. J'aurais aimé rester là définitivement. Mais il fallait que je retrouve mon père avant de pouvoir penser à mon bonheur.

La maman de Mattéo me tira de mes pensées, s'approchant avec un plateau elle me proposa une tasse de thé pour patienter, ce que j'acceptais avec grand plaisir, dans ma fuite contre les forces du mal, je n'avais pas pris le temps de m'habiller chaudement ce que je regrettais amèrement, qui aurait cru qu'il faisait si froid dans le ciel en pleine nuit.

Elle s'assied en face de moi, toujours un peu gênée de ma présence. Un léger silence s'installa, deux inconnues l'une en face de l'autre ne sachant quoi se dire : « Je suis sincèrement navrée de m'imposer. M'excusais-je à nouveau.

- Ho non ne vous en faites pas Votre Altesse, je ne dormais pas réellement, je m'inquiète toujours pour lui quand il part en mission. »

Je vis qu'en formulant cela, elle contempla furtivement une photo sur la table basse, une photo de famille, toute maisonnée réunit sur un seul cliché, tout le monde semblait heureux, le grand sourire édenté de Mattéo petit me fit sourire, il avait l'air d'être l'enfant le plus joyeux de l'univers. « Je sais que je ne peux pas comprendre à quel point vous vous inquiétez pour votre fils, mais sachez que j'apprécie sincèrement Mattéo, c'est un très bon ami, et je souhaite réellement qu'il rentre saint et sauf » dis-je d'une voix douce, mais légèrement plus inquiète que ce que j'aurais souhaité. Je posais ma main sur la sienne pour lui témoigner mon affection. Elle posa alors sa main délicatement sur la mienne et me dit : " Vous savez, quand il m'a dit qu'il voulait exercer le même métier que son père, j'ai été la mère la plus fière du monde, car il allait être le guerrier le plus doué et le plus courageux que le royaume n'ait jamais connu. Puis une fois ce sentiment de fierté passé, j'ai été terrifié, terrifié qu'il puisse lui arriver malheur. Je chérissais tellement son père que cela m'a dévasté quand il est mort en combattant, mais Mattéo était là, il a pris les rênes de la famille, il était fier comme un paon de dire que c'était lui l'homme de la maison maintenant et qu'il serait perpétuellement là pour nous protéger. Alors s'il devait ne pas revenir, je serais entièrement anéanti » sa voie se brisa dans un sanglot, je sentis une larme me tomber sur le doigt. Une larme pure d'un amour maternel immense.

C'est à ce moment-là que le verrou de la porte se souleva pour laisser apparaître Mattéo dans l'entrebâillement de la porte, l'enfant prodigue était de retour. « Maman, je suis rentré. » Cria-t-il. Sa mère courue le prendre dans ses bras comme si elle ne croyait pas en son retour. Il la serra dans ses bras avec une infinie tendresse, ils étaient dans leur bulle. Je me sentais assurément de trop, j'eus l'impression de faire du voyeurisme. Sur le point de détourner le regard afin de leur laisser un peu d'intimité, il leva les yeux sur moi et se raidit, je savais qu'il ne voulait plus me voir, mais je n'avais confiance en personne d'autre et j'avais vraiment besoin de son aide.

Il s'inclina devant moi pour conserver les apparences face à sa mère. « Majesté. Dit-il à peine courtoisement.

- Mattéo, je sais que tu as eu une grosse journée, mais j'ai besoin de te parler, c'est extrêmement urgent, est-ce qu'on peut se voir un moment ? » Demandais-je en fixant mes pieds, honteuse de ne pas pouvoir me débrouiller seule.

Il acquiesça ne voulant sûrement pas faire honte à l'éducation que lui avait prodigué sa mère. Il me désigna la direction de l'étage, je remerciais chaleureusement sa mère pour l'accueil qu'elle m'avait réservé et le suivit jusque dans sa chambre.

CHAPITRE 7

Matteo s'arrêta devant une porte que je supposais être celle de sa chambre. J'étais un peu fébrile, je dois effectivement avouer que j'avais songé à cet instant, mais lorsque je l'avais imaginé cela ne se passait jamais dans cette ambiance, ni dans ce contexte. Dans mon esprit, nous nous serions retrouvés pour nous exprimer nos sentiments l'un envers l'autre, dans cette version de mon histoire, il ne m'avait jamais brisé le cœur et Nathanaël n'existait pas. On peut toujours rêver non ?

Il marqua une pause dans l'embrasure de la porte, semblant peser le pour et le contre, je comprenais, je l'avais fait également. Devais-je le revoir au risque d'avoir le cœur brisé à nouveau ? J'avais franchi le pas, consciente qu'il était, mon seul recours avant de devoir m'adresser au conseil royal. Allait-il également faire un pas vers moi en dépit de son récent mépris pour moi ?

Après quelques secondes de réflexion, il m'invita à entrer. Sa chambre était sobre et épurée, je trouve qu'elle était à son image, telle que moi, je le voyais : beau et réservé. Sur le coin de sa commode, je vis une photo qui éveilla mon attention. C'était une photo de moi, un cliché volé, prit secrètement dans un éclat de rire. Je ne me souvenais pas l'avoir vu me prendre en photo, ni de quand cela pouvait dater. J'étais troublée, à la fois heureuse qu'il pense à moi. Cependant, cela m'étonna qu'il ait conservé un souvenir de moi au vu de notre dernière conversation.

Dans le silence de plomb qui régnait entre nous, les secondes semblaient s'étirer à l'infini. Qui allait parler en premier ? Fallait-il que je fasse le premier pas ? Je pensais que c'était à moi d'entamer la conversation, après tout, c'est moi qui suis venue le voir. Mais par où fallait-il que je commence ? J'étais tellement égarée dans mes sentiments...
Je décidais de saisir mon courage à deux et d'engager la conversation : « Matteo, je sais que tu ne veux plus me voir, mais nous n'avons pas eu l'occasion de s'expliquer et j'aimerais qu'on le fasse. Mais j'ai eu beau remuer le problème dans tous les sens, je n'arrive pas à comprendre ce que j'ai fait de mal. Alors quoi que j'ai pu faire, je t'en

supplie pardonne moi ! Je t'assure que je ne t'aurais pas forcé à me revoir si ce que j'avais à te demander n'était pas de la plus grande importance... Tu es le seul en qui j'ai vraiment confiance » j'étais arrivée au bout de mon monologue quand le silence s'installa à nouveau.

Matteo me tournait le dos regardant par la fenêtre l'air perdu, je ne savais pas s'il avait réellement prêté une oreille attentive à ce que je venais de lui confier. Mais il semblait tout de même en pleine réflexion sur ce que je venais de dire, jugeant peut-être ce qu'il allait pouvoir me répondre, essayait-il d'être plus courtois que la dernière fois afin de m'éconduire délicatement ?

Puis tout à coup, il se retourna, regardant le sol l'air coupable. « Princesse, je vous rassure, vous n'avez rien fait de mal ». Lâcha-t-il n'osant pas me regarder dans les yeux. Je le regardai incrédule, je ne m'attendais pas du tout à cette réponse. Je pensais plus qu'il ne me répondrait pas, voir même qu'il me repousse, mais jamais au grand jamais je n'avais envisagé cette option. Malgré ma surprise, je continuais à plaider ma cause : « Mais dans ce cas-là, pourquoi est-ce que tu m'as laissé tomber l'autre jour ? » Mes yeux commencèrent à être humides à cause des larmes, j'étais perdu, je ne comprenais pas ses sautes d'humeur. Ces ascenseurs émotionnels permanents commençaient me donner le tournis. Pourquoi avait-il fallu que je tombe amoureuse d'un ange bipolaire ?

Il s'approcha de moi sans trop oser me toucher, conservant une faible distance entre nous, comme si nous toucher allait provoquer une catastrophe. Mais que pouvait-il m'arriver de pire ce soir ? C'est à ce moment que je me précipitai dans ses bras pour éclater en sanglots sans lui laisser le temps de s'éloigner de moi.

Il ne se déroba pas, je fus à la fois étonné et heureuse qu'il me prenne dans ses bras et qu'il pose sa tête sur la mienne, je respirais enfin.

Il attendit patiemment que je calme mes larmes. La courte durée qui nous avait séparés avait été un calvaire. Mon corps et mon âme réclamant Mattéo à tout prix. Tout doucement, je desserrais mon étreinte afin de pouvoir le regarder dans les yeux, il colla son front contre le mien, puis nez à nez, nous étions sur le point de nous embrasser, comme dans le placard à balais. J'espérais que cette fois-ci nous ne serions pas dérangé. Nous sommes restés quelques secondes à nous regarder dans les yeux, le temps semblait s'être arrêté, comme suspendu. Peut-être y avait-il un dieu quelque part qui avait enfin perçu mes prières. Nous étions dans notre bulle invisible personnelle, que personne, en cet instant, n'aurait su brisé. Je soutenais son regard, mais en fermant les yeux, je lui dis mentalement : « Embrasse-moi ». Comme si à nouveau, il percevait mes pensées, il parcourut les quelques millimètres qui nous séparaient pour déposer tendrement ses lèvres sur les miennes.

Son baiser était timide, lui aussi, avait-il son cœur qui battait à la chamade ? J'avais l'impression que le mien allait exploser ! Mon cœur cognait contre ma poitrine et des papillons sillonnaient mon ventre. Ses lèvres étaient délicieuses et visiblement plus expérimentées que les miennes. Toutes mes pensées s'embrouillèrent, plus rien ne comptait plus en cet instant que notre étreinte. Comme si notre vie en dépendait, notre baiser se fit plus pressant, plus langoureux. Il mit une de ses mains dans ma nuque, l'autre dans le creux de mes reins pour m'attirer plus près de lui. Tous deux hors d'haleine, nous nous séparâmes de quelques centimètres pour se regarder l'un l'autre afin d'apprécier le moment que nous étions en train de vivre. Comme si nous avions été séparés depuis une éternité, mon cœur se reconstituait peu à peu, il m'avait tellement manqué, j'avais cru mourir lorsqu'il m'avait abandonné. Maintenant, j'étais dans ses bras, je n'ai pas entièrement compris comment les événements se sont enchaînés pour en arriver à cette conclusion, mais peu m'importe, nous étions là, enlacés l'un à l'autre et je comptais bien profiter de ce moment jusqu'à la dernière seconde.

Malgré ce moment magique, une question continuait à me tarauder, il fallait nécessairement que j'obtienne une réponse pour que je puisse mettre de côté ou du moins essayer de le pardonner pour ce qu'il m'avait fait. « Mattéo, il faut vraiment que je sache pourquoi tu m'as laissé tomber l'autre jour. » Demandais-je brusquement.
Il détourna son regard pour éviter le mien, mais je pris sa tête entre mes mains pour le forcer à me regarder, il était parfaitement hors de question qu'il se dérobe, je voulais ma réponse et je l'aurais : « Mattéo, s'il te plaît, j'ai besoin de savoir, c'est capital pour moi. Ma voix était posée et douce mais déterminée.

- Tout d'abord, je dois vous dire...

- Mattéo, stop plus de vouvoiement. Après le baisé que nous venons d'échanger, je pense que c'est un peu étrange.

- D'accord. Répondit-il en abordant le sourire éclatant malicieux que j'aimais tant, ce n'est pas à cause de toi que j'ai décidé de ne plus t'adresser la parole.

- Alors c'est à cause de qui ? Je commençais à en avoir assez de tout ce suspens.

- C'est à cause de ton fiancé. » Crachat-il.

Rien que d'entendre cette appellation désignant Nathanaël de la bouche de Mattéo cela me donna la nausée. J'éprouvais l'impression de le tromper avant même que notre relation n'ai réellement commencée, à tel point que je me sentais obligée de préciser : « On ne s'est embrassé que deux fois, je te jure, et c'était quasi du viol, il l'a fait à chaque fois contre mon gré ! J'ai cet homme en horreur crois moi, je t'en supplie...

- Bien sûr que je te crois. Dit-il la voix pleine de tendresse en me serrant contre lui pour me rassurer. Même si je ne peut pas changer ce qui a été fait et malgré le fait qu'il me soit, comme toi, de rang supérieur je ne peux m'empêcher d'être un peu jaloux.

- D'accord, premièrement mon rang ou le tien, je

n'en ai rien à faire ce n'est pas ça qui m'empêchera d'être proche de toi ! Deuxièmement, je suis soulagée que nous ayons pu éclaircir légèrement ce malentendu. Maintenant, j'espère que tu sais que je n'ai aucunement l'intention d'épouser cet individu malsain, peux-tu me raconter précisément quel est sa part de responsabilité dans cette histoire ? Demandais-je toujours dans ses bras.

- Il m'a menacé, enfin pas moi spécifiquement, mais ma famille. Il m'a dit que si je m'approchais encore de toi, ou que je t'entais d'entrer à nouveau en contact, il tuerait ma mère ou ma sœur. Je suis navré de t'avoir fait du mal, mais je ne pouvais pas le laisser s'en prendre à ma famille, je n'avais que cette option, tu comprends ? Je n'ai qu'elles, depuis que mon père est mort et que j'ai commencé à être ton gardien, je ne peux pas vous protéger toutes en même temps. Dit-il en resserrant son étreinte comme pour s'excuser.

- Je comprends. » Répondis-je tout simplement. Parce que c'était authentique, il ne pouvait pas laisser tomber ses proches, et même si cela m'avait fait énormément souffrir, je savais qu'il avait fait le bon choix, car connaissant Nathanaël, il aurait tenu sa parole et y aurait même certainement trouvé du plaisir.

Je ne voulais pas briser ce moment d'intimité entre nous, mais il fallait en effet que je lui parle de mon père. Sans perdre un instant, je lui résumais la situation, la disparition de Nathanaël au parc, le flocon, les démons, la disparition de mon père, le sms de menace, mes ailes, mon envol minable et mon arrivée à Mesa de Oro.

Il m'écouta jusqu'au dernier moment sans broncher, une fois que j'eus fini de parler, il ne parla pas immédiatement, il semblait être en pleine réflexion. Puis sortant de sa bulle, il me regarda et annonce d'un ton dramatique : « Tout ce que tu viens de m'expliquer semble confirmer mes soupçons le concernant. »

CHAPITRE 8

« Comment ça ? Quels soupçons ? Mattéo de quoi tu parles, je ne saisis pas.

- Je ne voulais pas t'en parler tout de suite parce que je pensais que j'étais juste jaloux de lui. Mais après ce qui vient de se passer ce soir, je ne vois qu'une seule explication. Premièrement, sans vouloir passer pour une personne raciste, il est le seul à Mesa de Oro à avoir les yeux et les cheveux de jais, ici tout le monde à les yeux bleus, verts ou or et les cheveux châtains foncé tout au plus. Je ne vois donc pas de qui il pourrait tenir une telle particularité génétique, en parlant de ses ancêtres, tu ne trouves pas ça étrange que personne ne sache qui sont ses parents ? Personne ne sait où il habite, il ne vous a jamais parlé de lui ou de ses proches ce qui à mon sens est un peu curieux. Le plus curieux est, à mon avis, ses excès de violence, aucun ange n'utilise la force en dehors des gardiens lorsqu'ils se battent contre les démons. Nathanaël, lui, ne manifeste aucun scrupule d'agresser ou de menacer les gens pour favoriser ses intérêts. De plus, lorsqu'il le fait, on dirait qu'il y prend un plaisir manifeste, comme un sadique, et lorsqu'il s'énerve ses yeux deviennent rouges, j'ai pu le voir à plusieurs reprises. Et dernière chose le but ultime de Caïn est de ravager la Terre ce qui n'est possible que lorsque qu'un ange et un démon enfreigne la loi sacrée, quoi de mieux que de manipuler la princesse de Mesa de Oro pour arriver à ses fins ?

- Tu essaies de me dire que Nathanaël est un démon ? Demandais-je horrifiée.

- Non seulement, j'en suis persuadé. Mais je pense qu'il est le fils de Caïn, ce dernier n'aurait pas confié une telle mission à un sous-fifre quelconque. » Conclut-il.

- D'accord, admettons que tu ais raison, comment un démon aurait pu entrer ici ? Et je suis un peu vexée que tu insinues qu'il soit facile de me manipuler, répliquais-je faussement vexée.

Il ne souligna pas ma remarque :

- L'unique moyen pour qu'il entre dans le

Royaume, c'est que quelqu'un le fasse entrer, cela voudrait dire qu'il y a une taupe dans la garde royale et cela ne m'inspire rien qui vaille. »

Nous restâmes quelques instants en silence pour réfléchir à nos paroles, nous étions conscients qu'il nous faudrait un plan pour déjouer celui de Nathanaël et localiser mon père, mais nous étions tous deux épuisés par la journée que nous venions de vivre. J'étais persuadée que la nuit nous porterait conseil, je demandais donc à Mattéo s'il voulait bien me raccompagner jusqu'au palais, d'abord retissant, ne voulant pas être vu par le pion de Nathanaël ou même ce dernier en personne. Mais nous n'avions aucune envie de nous séparer l'un de l'autre, c'est pour cela que nous décidâmes de rentrer à pied plutôt qu'en volant afin d'être moins visible. Le trajet se fit en silence, chacun profitant de la présence de l'autre. Une fois arrivé au pied du palais, Mattéo se comporta en parfait gentleman et me prit dans ses bras pour me poser délicatement sur le balcon de ma chambre.

Le moment fatidique de se séparer arriva, rien qu'à cette idée mon cœur se serra, je n'éprouvais aucune envie de me séparer de lui à nouveau alors que nous venions à peine de nous retrouver.

Il fallait que je gagne du temps, même rien qu'une seule seconde de plus : « Mattéo ? Demandais-je.
- Oui ?

- Tu voudrais bien rester jusqu'à que, je m'endorme ? Ma question me fit rougir des orteils à la pointe de mes cheveux, ce qui le fit sourire. Il me prit dans ses bras et déposa un baiser sur mon front.

- Bien sûr mon ange. Mais après, je m'en vais, je ne voudrais pas trop éveiller l'attention »

Nous restâmes ainsi quelques instants, sans bouger. Soudain, avec la grâce d'un hippopotame, je lâchais un bâillement tonitruant, qui eut pour effet de faire éclater de rire Mattéo. Son rire était communicatif et je le rejoins dans son hilarité. Puis il me souleva de terre pour venir me déposer dans mon lit. Je me rendis compte que pour la première fois depuis 18 ans, j'allais réellement dormir dans mon lit au palais, avant j'avais juste à m'endormir pour aller de la terre à Mesa de Oro, ce qui fait que je ne m'attardais jamais vraiment dans le royaume.

À présent, tout était différent, je pouvais enfin voler, aller et venir à ma guise entre les deux mondes qui étaient les miens.

J'avais toujours trouvé le lit royal bien plus confortable que celui que j'avais sur terre, je ne doutais pas une seule seconde que j'allais bien dormir. À peine avais-je posé la tête sur l'oreiller que les yeux se fermèrent, la journée avait été bien trop mouvementée à mon goût, même si elle avait fini magnifiquement bien.

Je sombrais dans un sommeil tantôt profond, tantôt agité. J'effectuai de nombreux rêves cette nuit-là, et pas forcément des beaux. Je rêvais de mon père, kidnappé et torturé par les démons, terrifié, m'appelant à l'aide, tapant contre les barreaux de sa cellule pour que quelqu'un l'entende.

En émergeant peu à peu de ce cauchemar, je me rendis compte que le bruit que j'entendais dans mon rêve était en fait bien réel, on était en train de tambouriner violemment à la porte de ma chambre. « Rose !! Rose déverrouille cette porte bordel ! Je sais que tu es là » vociféré la voix dans le couloir. Encore dans un demi-sommeil, je crus reconnaître Léana. « Mais lâchez-moi ! Je vous dis que je suis sa meilleure amie, laissez-moi passer ! ». À moitié réveillée, je sautais de mon lit pour ouvrir la porte en criant : « Elle vous a dit de la lâcher ! ».

Les gardes s'exécutèrent et prirent place au garde-à-vous le regard incrédule, les pauvres, je ne leur avais jamais parlé d'une telle manière, j'avais un peu honte de moi. « Excusez-moi messieurs, vous pouvez nous laisser, transmettez le mot à vos collègues, Mlle Léana PAZ aura dès à présent un accès total à tout le château, vous pouvez disposer. » Je me suis surprise à utiliser un ton aussi autoritaire, cela ne m'allait pas du tout.

Une fois que les gardes eurent le dos tourné, Lé ne se gêna pas pour leur faire une grimace des plus disgracieuse, quelle enfant parfois. Puis elle se retourna vers moi et me prit dans ses bras : « Enfin, je te retrouve, j'ai eu tellement peur pour toi ! Quand j'ai constaté l'état du quartier et de ta maison, j'ai eu peur qu'il te soit arrivé malheur...

- Comment ça ma maison ? Quand je suis partie hier soir, elle tenait encore debout. Demandais-je paniquée.

- Tu n'es pas au courant alors... Et bien ce matin quand je suis passée chez toi pour voir comment tu allais après l'attaque des démons, je retrouvé la maison presque en ruines, les autorités ont dit que c'était une conduite de gaz qui avait sauté. Je suis désolée, Rose. »

Je me perdis quelques instants dans mes pensées, délaissant Léana pour me rendre sur le balcon, regardant dans le vide, voguant dans le flot de mes souvenirs, non seulement, ils avaient tué ma mère, kidnappé mon père et comme si cela ne suffisait pas, ils avaient détruit ma maison, là où j'avais grandi, là où j'avais tous mes souvenirs. J'aurais dû être triste de voir toute ma vie partir en fumée en si peu de temps, mais au lieu de ça, j'étais en colère, j'étais remontée à bloc, une chose était sûre, c'est que la vengeance est un plat qui se mange froid et la mienne serait terrible.

« Ce n'est qu'une maison, déclarais-je à Lé feignant l'impassibilité, le plus important, c'est que je localise mon père !

- Comment ça ton père ? M'interrogea ma meilleure amie.

- Oui, c'est vrai que tu n'es pas au courant vu qu'on ne s'est pas vu depuis hier à la sortie du lycée. Je lui fis un bref débriefing de la situation. Tu es prête à nous aider toi aussi ?

- Tu sais bien que tu peux continuellement compter sur moi ! » Me dit-elle en me serrant fort dans ses bras.

Bien, nous ne possédions toujours pas de plan, mais je disposais de la meilleure équipe possible pour réaliser la mission qui nous attendait. Bien que je sois très contente de l'avoir à mes côtés, une question me trottait dans la tête depuis son arrivée : « Lé, ce n'est pas que je ne sois pas contente de te voir, mais comment es-tu arrivée jusqu'ici ? T'es-tu endormi sur terre en pleine journée ou tes ailes ont-elles poussées ?

- Bingo, la deuxième option ma petite ! Dit-elle toute fière d'elle. Bon, je t'avoue que je vole comme un manche à balai, mais mon père m'a promis de me donner des cours. Du coup, c'est lui qui m'a porté jusque-là. Dit-elle toute gênée.

- Essaie de t'enfuir face à une horde de démons en furie et tu verras, c'est le meilleur de professeur en matière de vol, à côté de ça, le *Professeur Bibine* peut ranger son balai. » Rigolais-je.

Nous étions en plein fou rire, quand soudain, on toqua à la porte. Après avoir autorisé l'entrée, le majordome m'annonça que Mattéo souhaitait s'entretenir avec moi. J'exigeais un instant le temps de me préparer, oui, j'étais toujours en pyjama. Une fois habillée, je fis rentrer Mattéo qui fut surpris d'apercevoir Léana ici : « Tes ailes ont également fini de pousser ? Demanda-t-il.

- Quelque chose comme ça oui. » Répondis-je à moitié en train de rire.

Mattéo qui ne devait certainement rien comprendre, resta courtois et ne sollicita pas d'explication. Nous restâmes toute la matinée dans ma chambre pour échafauder un plan pour capturer Nathanaël et le faire avouer où il détenait mon père. Et je dois dire qu'être princesse avait quand même quelques avantages, dont un succulent room service dont nous avions bien trop abusé.

Le plan que nous avions élaboré entre deux parts de gâteaux était des plus simples : demain, nous avions rendez-vous avec le conseil à 14 h pour parler de mon couronnement qui aurait lieu pendant mon mariage arrangé avec Nathanaël. Ce dernier serait, donc présent pour finaliser les derniers détails. C'est à ce moment-là que j'entrais en action, il fallait que je charme mon abominable fiancé afin qu'il me suive dans ma chambre où Mattéo et Léana nous attendrait pour le prendre au piège et le capturer. J'avais prévu de lui proposer un petit cocktail de ma composition, l'association alcool et somnifère serait détonante. Fallait-il encore qu'il accepte de le boire...

Si Nathanaël était réellement le fils de Caïn, il fallait que j'en apprenne un peu plus sur le monde des démons afin de savoir à quoi m'attendre face à mon fiancé démoniaque. Parle-moi de Caïn, demandais-je brusquement à Mattéo ».

Il eut l'air surpris par ma question et Lé eu l'air terrifiée, je l'étais aussi, je n'avais pas vraiment envie de connaître personnellement le roi des enfers, mais dans une bataille, il faut apprendre à mieux connaître l'ennemie pour parvenir à le battre.

« Et bien, je pense que la première chose que tu dois connaître, c'est son origine... Dit-il tristement. Il s'agit malheureusement du premier roi de Mesa de Oro. »
J'étais abasourdi comment un ange pouvait-il devenir un roi démoniaque, vu le regard de Léana elle ne comprenait pas non plus et je ne suis pas sûre que nous voulions savoir comment il en était arrivé là... Mais Mattéo continua :

« Il y a de ça une éternité bien avant la création de la terre, les anges furent créés, le roi Caïn et sa femme régnaient sur un royaume prospère, en effet Mesa de Oro était alors une terre vierge de toute forme de vie, tout était à construire et à cultiver.

Pendant des centaines d'années, le royaume se développa et la paix semblait être éternelle, tout comme le roi. En effet, tous les autres anges avaient une espérance de vie, certes supérieure à celle des humains où deux siècles correspondaient à un seul pour les Hommes, mais le roi lui ne semblait jamais vieillir, si bien qu'il vit mourir ses épouses les unes après les autres ainsi que sa descendance qui n'eurent jamais le temps de monter sur le trône à sa place.

Les anges n'avaient pas alors aucune conscience que dans un autre univers se développait un autre royaume celui des démons. Cet endroit était alors tout l'opposé de Mesa de Oro, il n'y avait rien de cultivable et l'anarchie régnait en maître faute d'un souverain respecté.

Puis un jour entre ses deux univers, une grosse planète apparue, d'abord inhabitée, puis différentes formes de vies apparurent les unes après les autres, c'est à ce moment-là que les anges prirent connaissance de l'existence des démons. En effet à force de se battre en eux et au vu du peu de nourriture dont ils arrivaient à cultiver, leur population avait fortement diminué, alors quand les premiers dinosaures sont apparus, ce fut une aubaine pour eux, ils allaient enfin pouvoir se nourrir à leur faim. Dans un premier temps, les anges les ont regardés de loin, les laissant provoquer le chaos sur cette terre pourtant si belle, Caïn avait demandé à tout le monde de ne pas intervenir que le sort de la Terre ne les concernait en rien, sauf qu'au bout de plusieurs milliers d'années quand la vie eut presque disparu de la terre à cause d'une guerre épouvantable entre démons.

- Attends, tu es en train de dire qu'ils ont provoqué l'extinction des dinosaures ? Demanda Léana complètement abasourdit, si nos profs savaient ça, ils tomberaient sur le cul, ria-t-elle. »

Puis elle se redit compte du regard glaçant que lui jetai Mattéo, elle venait de couper son récit et il n'avait visiblement pas apprécié. « Hum hum, continua-t-il, je disais donc que jusque-là le roi immortel avait décidé de rester passif, les démons dépossédés de leurs amuse-bouche, ils retournèrent dans leur royaume et la vie repris son cours normal. Puis un jour, l'homme fit son apparition, ils n'étaient alors que des êtres sommaires et très peu développés intellectuellement, mais ils présentaient des similitudes physiques avec les anges. Et lorsque les démons ont commencé à s'en prendre à eux, le royaume c'est insurgé contre le roi qui semblait indifférent. C'est pour faire plaisir à son peuple que Caïn l'immortel a créé une armée et qu'ils sont enfin descendus sur Terre pour venir en aide à l'Homme. C'est ainsi qu'est née la guerre éternelle entre ange et démon.

Mais l'histoire ne s'arrête pas là malheureusement. Après des milliers d'années de vie et surtout d'ennui, le roi prit un goût certain pour la guerre, il en est devenu fou, sur Terre il ne faisait plus la distinction entre les démons et les hommes tout ce qu'il voulait, c'était tuer. Le conseil se réunit, convoqua l'armée et ils l'expulsèrent du royaume en lui arrachant ses ailes, il devint alors le premier ange déchu de l'histoire. Son fils prit sa place sur le trône et un ainsi de suite depuis des milliers d'années. Quant à Caïn, ayant fait ses preuves sur terre, les démons eurent un profond respect pour lui, ainsi qu'une grande crainte et il s'autoproclama Roi des enfers. »

Mattéo termina son récit, personne n'osait plus parler... En disant qu'il fallait que je connaisse l'origine de Caïn, Mattéo aurait dû dire que j'allais aussi apprendre mes origines, en effet, je venais d'apprendre que j'étais la descendante du roi des enfers. Furieuse, je me levais d'un bon, pour me diriger sur le balcon, du coin de l'œil, je vis Léana retenir Mattéo par le bras, elle me connaissait si bien, elle savait que j'avais besoin de quelques minutes seule avec moi-même pour commencer à digérer l'information.

Je restais seule sur le balcon plusieurs minutes, contemplant le soleil se coucher, les reflets roses orangés du ciel étaient superbes, la colère était en train de s'atténuer. Lé me rejoignit, elle me prit dans ses bras, ce qui finit de m'apaiser, « tu n'y es pour rien, il a mal tourné, mais ça ne veut pas dire que tu finiras comme lui, me rassura-t-elle ». Soudain, on toqua à la porte de ma chambre, « Entrer » répondis-je, « Excusez-moi Votre Altesse, le père de mademoiselle Paz m'envoie la chercher pour qu'ils puissent rentrer chez eux. » Dit mon valet en s'inclinant avant de ressortir de la pièce.

Léana me fit une bise d'au revoir sur la joue et me cria sur le pas de la porte « je reviens quand j'aurais appris à voler ! » Ce qui me fit rire, j'en avais besoin, cela me fit du bien. Puis je rejoignis Mattéo dans la chambre au cas où Nathanaël me guetterait à la fenêtre, s'il nous voyait tous les deux cela affecterait notre plan de demain en péril et surtout cela mettrait la famille de Mattéo en danger.

Je vins me blottir contre lui, « je suis désolée, je ne pensais pas que cela te mettrait en colère, dit-il en m'embrassant sur le front, je crois que je dispose de quelque chose pour te réconforter, attends moi-là ne bouge pas, je fais juste un aller-retour chez moi ». Sans me laisser le temps de répondre, il sauta par la fenêtre pour s'envoler, me laissant planté là.

En l'attendant, je décidais de revêtir ma chemise de nuit en soie blanche que j'affectionnais particulièrement avec son kimono assorti, l'ensemble n'était pas aguicheur, mais pas non plus mémérisant, j'espérais que cela plairait à Mattéo lorsqu'il reviendrait.

Quand il revint, je vis qu'il avait un étui blanc à la main, il m'invita à le rejoindre sur le balcon, où l'air, c'était considérablement rafraîchi. Une fois à ses côtés, il sortit un splendide violon blanc lui aussi, un blanc immaculé qui se confondait dans la perfection de ses ailes puis il me dit d'un air enjoué, mais un peu embarrassé le rose aux joues : « Je l'ai composé spécialement pour toi et je pense que c'est le moment approprié pour t'interpréter ce morceau. »

Il saisit le violon en main et commença à

interpréter une merveilleuse mélodie, à la fois gaie et mélancolique, si belle que les larmes me montaient aux yeux. Je ne savais pas ce qui me prit, mais j'éprouvais le besoin irrépressible de mêler ma voix à la mélodie, tant et si bien que je me mis à chanter, des paroles improvisées que je sortais du font de mon cœur. Des paroles sur l'amour que je ressentais pour Mattéo et qui j'espérais était réciproque. Le cadre dans lequel nous nous trouvions était somptueux, le clair de lune était magique, le vent fouettait mes cheveux blonds et faisait légèrement voler mon kimono de soie, le tout mélangé au son du violon et de ma voix claire. C'était un moment d'une pureté incomparable.

Mais malheureusement, toutes les choses délicieuses doivent se terminer et la fin de la mélodie arriva, les dernières notes se perdirent dans la brise, emmenant avec elles la perfection de ce moment.

Nous nous regardâmes quelques instants, mais je ne supportais pas la distance qui nous séparait, alors je dépliai mes ailes pour me rapprocher de lui de façon presque gracieuse et je me jetai dans ses bras, nous nous embrassâmes puis il chuchota à mon oreille : « Veux-tu savoir comment j'ai appelé ce morceau ? »

Je le regardais les yeux pétillants d'envie et quelque peu humide avec mes larmes de joie qui n'allaient pas tarder à se montrer. « Meum amorem angelicum, dit-il dans un souffle quasi-imperceptible ». Mes quelques notions de Latin eurent raison de mes larmes, il avait appelé sa mélodie : mon amour angélique. Je me blottis dans ses bras cherchant à masquer mes larmes de bonheur, il était devenu en peu de temps l'élément central de mon univers, mon point d'ancrage dans mon monde à la dérive, si je le perdais lui aussi en plus de mon père, je ne sais pas ce qu'il adviendrait de moi.

Il rehaussa délicatement mon visage avec sa main pour que je le regarde dans les yeux, il essuya mes larmes avec son pouce et m'embrassa tendrement, passionnément même comme si c'était la dernière fois que nous le faisions, il était angoissé pour demain, je le savais, nous avions peur tous les deux, cette inquiétude nous rapprocha en cet instant comme si nous voulions ne, plus jamais, être séparés.Il rehaussa délicatement mon visage avec sa main pour que je le regarde dans les yeux, il essuya mes larmes avec son pouce et m'embrassa tendrement, passionnément même comme si c'était la dernière fois que nous le faisions, il était angoissé pour demain, je le savais, nous avions peur tous les deux, cette inquiétude nous rapprocha en cet instant comme si nous voulions ne, plus jamais, être séparés. « Quoi ? Qu'est-ce qu'il y a ? Demandais-je les joues empourprées ». Il ne répondit pas immédiatement, cherchant visiblement les mots appropriés « Je t'aime Rosalie ».

À ce moment précis, je fus la femme la plus heureuse de l'univers, combien de fois en quelques mois avais-je espéré qu'il prononce ces deux petits mots à mon égard. J'avais toujours pensé que ce serait moi qui le dirais en premier, alors qu'il le fasse me laissa sans voix, ou presque : « Je t'aime Mattéo. Il m'embrassa tendrement le front.

- Mon ange, je n'ai pas envie que cette journée se termine, mais il faut dormir, demain, on a une importante journée. Ne te tourmente de rien, dors tranquille, il ne t'arrivera rien, je veillerai sur toi. »

Je savais que je serais en sécurité avec lui à mes côtés. Il commença à fredonner MA mélodie, comme une berceuse, je ne pus résister très longuement, la journée avait été éprouvante, mes paupières se fermèrent toute seules soudain très lourdes, je n'avais pas à avoir peur de retourner sur terre car j'étais venue par la voix céleste. J'étais ici jusqu'à que, je décide d'en repartir. Et je priai pour ce que je venais de vivre ne sois pas un rêve.

CHAPITRE 9

Au vu de la fatigue que j'avais accumulée ces derniers temps et comme le plan ne devait se mettre en place que pour le début d'après-midi, je me permis une grasse matinée. Un peu de sommeil n'occasionnait jamais de mal à personne. Lorsque j'ouvris l'œil en fin de matinée, je vis que Mattéo n'était pas là au contraire de Léana qui s'empiffrait dans un coin de la chambre. Je la rejoignis, m'installai à table, me servis un café bien serré et quelques gourmandises. Mais j'étais tellement angoissée pour mon père que mon estomac ne toléra que la boisson chaude et je ne voulais pas prendre le risque de rendre mon déjeuner pendant le conseil.

Il fallait donc que je me prépare pour rejoindre mes conseillers royaux ainsi que Nathanaël, comme j'étais la future souveraine, il me fallait une tenue adéquate. Fouillant dans mon armoire, je vis plusieurs robes qui étaient dignes de Cendrillon, la couturière devait être ma marraine la bonne fée. J'avais repris forme humaine pour dormir, estimant que mes ailes ne seraient pas des plus confortables dans le lit, mais il fallait à présent que je les aborde fièrement. En effet en tant que future reine, il fallait dès à présent que j'endosse mes responsabilités, que j'avais plus ou moins fuis pendant des années, vu que je considérais le royaume comme un rêve. Mes ailes prouveraient au conseil que je représentais à présent une ange entière et insinuerai à Nathanaël que maintenant, je pourrais m'enfuir quand bon me semble.

Une fois que j'eus choisi ma robe, avec l'approbation de ma meilleure amie qui m'avait fait sortir tout le dressing, une question me turlupina soudain. Comment allais-je enfiler ma tenue avec ma paire d'ailes ? Je décidais de tenter le coup comme d'habitude, advienne que pourra. Et comme par magie, le tissu se déforma et se reforma parfaitement autour de la base de mes ailes, la couturière était une véritable magicienne, je ne la connaissais pas, mais je lui aurais gracieusement demandé deux trois autres tours de passe-passe.

Pour être la plus jolie possible, j'ajoutais une parure de bijoux en diamant sobre et élégante, je me maquillais subtilement, mais me rendant irrésistible selon Lé. Je dois bien avouer qu'en me regardant dans la glace, j'étais époustouflante, digne d'une reine, j'aurais donné n'importe que pour que ma mère me voit comme je l'étais en cet instant, j'étais persuadée qu'elle serait remplie de fierté.

Un bruit sourd rompit ce moment de contemplation, en tournant la tête, je vis que Mattéo avait loupé son atterrissage, ce qui me fit sourire. Léana bien sûr fut moins modérée que moi, elle explosa de rire, faisant rougir davantage Mattéo qui commença à s'agacer. « Si Rosalie avait été moins somptueuse, je n'aurais pas raté mon arrivée. » Dit la voix feutrée dans ma tête. Je repensais soudain au dernier chapitre du livre sacré concernant les âmes-sœurs, et si la voix dans ma tête était en réalité les pensées de Mattéo ? Cette éventualité me plut plus que de raison, je me mis à rougir. Si mon hypothèse venait à se vérifier cela représenterait un argument de plus pour ne pas épouser Nathanaël.

Perdue dans mes pensées, je n'avais pas vu que mon protecteur, c'était approché de moi, il s'inclina délicatement devant moi et vint me faire un tendre baiser sur la joue : « Tu es sublime, tu vas tous les éblouir pendant le conseil. » Sur-ce, je vis qu'il était l'heure pour moi de me rendre dans la salle du trône où devait avoir lieu la réunion royale. Laissant à ma meilleure le soin d'élaborer les cocktails pour mon retour, je les laissais tous les deux dans ma chambre. Les gardes postés à l'entrée de ma chambre m'escortèrent et se postèrent de part et d'autre du trône dans lequel je m'étais assis.

Ma présence et sûrement mon apparence provoquèrent la stupéfaction de l'assemblée, tant mieux, c'est le but que j'avais recherché. Le dernier à arriver fut mon fiancé, en plus d'être insupportable, il n'était pas ponctuel, décidément, je ne lui décelais aucune qualité en dehors de son physique avantageux. Je fis taire l'assemblée « Bien, Chers Conseillers, nous sommes là pour parler de mes futures noces avec messire Nathanaël ici présent, je tiens avant tout à vous souligner que ces fiançailles n'ont que trop durée, il est temps de fixer une date. Combien de temps faut-il pour que le mariage soit prêt au plus vite ? » Je vis un sourire satisfait sur le visage du dit fiancé, visiblement, il était ravi que j'écoute mon maître chanteur.

Un léger brouhaha s'était formé, visiblement le conseil s'étonnait de plus en plus de mon attitude. Un des conseillers se leva, s'inclina et quémanda l'autorisation de prendre la parole : « Votre Altesse, le mariage ne pourra avoir lieu seulement après votre couronnement et au vu de l'organisation que nécessitent ces deux événements, je disais qu'il nous faut au moins trois semaines. En effet au de-là de vous et de votre fiancé, cela concerne tout le royaume et bon nombre de vos sujets voudront y assister. Nous avons aussi pour habitude de fournir un banquet aux villageois du royaume à chaque couronnement, il faut donc que les seigneurs et le palais s'organisent afin que ce jour soit à la hauteur de l'événement. »

Je fus ravie que l'homme ne me dise pas que cela pouvait s'organiser dans la semaine, cela ôta un poids considérable de mes épaules. Il fallait que je fasse semblant, j'accède aux demandes des ravisseurs de mon père afin de gagner du temps. Je braquais ainsi la tête vers celui qui était autant concerné que moi dans cette histoire : « Trois semaines, cela vous convient-il comme délais, messire Nathanaël ?

- Fort bien votre majesté. Rien ne pouvait me faire

plus plaisir en ce jour que d'apprendre que vous aillez enfin décidé de faire de moi votre roi.

- Très bien, passons ainsi à la suite. Quels sont les autres ordres du jour ? »

Le vil sourire qu'il arborait ne fit froid dans le dos, il allait enfin obtenir ce qu'il voulait et il jubilait de sa future victoire. Je m'efforçais d'écouter le reste de la réunion qui mit de côté les sujets prévus initialement, afin de parler du couronnement et du mariage. Ce qui prolongea la réunion, nous sortîmes vers 17 h, j'étais épuisée d'avoir dû être concentrée si longtemps tout en évitant les regards salaces de Nathanaël. Ce dernier me rejoint devant la salle du trône : « Si je puis me permettre Princesse, vous être de toute beauté aujourd'hui. Puis-je me joindre à vous pour le reste de la soirée afin que nous puissions faire plus ample connaissance en vue de notre longue vie future ? »

Je n'avais pas eu besoin d'entreprendre grand-chose, visiblement ma récente beauté avait fait le travail pour moi. « Bien sûr Messire, en revanche cette réunion m'a épuisé, pourrions-nous prendre un rafraîchissement dans mes appartements ?

- C'est avec joie que j'accepte de vous suivre, je ne dis en aucun cas non à un verre surtout quand c'est en aussi gracieuse compagnie. » Répondit-il avec un baisemain.

Nous nous engageâmes dans la direction de ma chambre sous bonne escorte, cela me rassurait d'autant plus, même si j'avais Mattéo qui interviendrait au moindre problème, je n'aurais qu'à crier pour que les gardes entrent dans ma chambre et maîtrise ce malotru.

Une fois installé, je fis quérir le majordome afin qu'on nous fasse porter des boissons. Il revint quelques instants plus tard sans que nous n'ayons échangé le moindre mot. J'espérais que Léana avait eu le temps de verser les médicaments dans son verre de scotch sinon je ne donnais pas cher de ma virginité vu les regards lubriques qu'il me lançait. J'attrapais mon verre de limonade le portais un toast : « À nous ». Il triqua et but une bonne lampée de whisky. Pour gagner du temps et laisser les somnifères agir, je décidais de faire la conversation : « Puis-je savoir Messire pourquoi vous m'avez abandonné l'autre jour au parc ?

- Je suis navré Votre Altesse, j'ai été également retenu par des démons, le temps de revenir à vous, vous n'étiez plus sur le banc. Impossible de vous rejoindre ne sachant pas par où vous étiez allé.

- J'ai réussi à fuir jusqu'à chez-moi par chance. Heureusement que mes ailes sont apparues à ce moment-là sinon qui sait ce qu'il serait advenu de moi.

- Je n'ose pas l'imaginer princesse. »

Je n'allais pas mentir, il était bon comédien ce fourbe. Je continuais alors à discuter de la pluie et du beau temps, quand mon compagnon commença à manifester des signes de fatigue. Ses yeux commençaient à se fermer tout seuls. Voyant que je n'étais visiblement pas fatigué, il examina soupçonneusement son verre, je ne pus réprimer mon sourire satisfait. Il balança son verre contre le mur, le faisant exploser. Puis il se jeta sur moi « espèce de garce », je n'eus pas à résister bien longuement, car ce dernier tomba à mes pieds comme une mouche, reput de fatigue.

Rassuré Mattéo sorti de la salle de bain attenante à ma chambre et cria « gardes ! ». Mes deux sentinelles entrèrent et furent surprises de voir mon fiancé à terre. « Escortez-le au cachot et immobilisez-le fermement, il est hors de question qu'il s'enfuit ! ». Sans poser la moindre question, ils s'emparèrent du prisonnier.

Nous avions un peu de temps devant nous avant que Nathanaël ne se réveil. Léana sortis également de la salle de bain et me serra fort dans ses bras, je savais qu'elle avait eu peur pour moi. Le plan avait bien fonctionné et il nous restait à interroger le kidnappeur de mon père et je pense qu'il allait s'agir de la partie la moins aisée. En effet, le prisonnier était borné et sûr de lui, s'il ne voulait pas me donner de réponse, j'étais quasi certaine qu'il se tairait jusqu'à la mort, en espérant qu'on n'aille pas jusque-là.

Mattéo décida d'aller veiller son rival le temps qu'il se réveille, « je t'aime Rose, on se revoit tout à l'heure » me communiqua-t-il mentalement avant de partir pour les cachots.

J'étais désormais certaine qu'il était mon âme-sœur, et lui aussi le savait vu qu'il ne prenait même plus la peine de me parler de vive voix. « Il pourrait au moins dire au revoir celui-là » dit Léana vexée, je ne relevais pas, je savais qu'il m'avait dit au revoir et cela me suffisais.

Pour la prochaine étape, Léana devait (malgré elle), rester en retrait pour aviser quelqu'un si l'interrogatoire tournait mal. J'avais également décidé, en tant que seule héritière de Mesa de Oro, de lui laisser une lettre avec mes consignes au cas où il m'arriverait malheur. Mieux vaut être trop prudent, avec les démons, on ne sait en aucun cas ce qui peut nous arriver. « Tu ne l'ouvres seulement, et j'ai bien dit seulement, si je meurs ou si je suis dans le coma ! Léana, c'est sérieux ! Tu me le promets ?

- Oui, je te le promets » dit-elle en larmes, à l'idée qu'il puisse m'arriver quoi que ce soit.

Après m'être changé pour une tenue plus confortable, la robe Disney dans les cachots, j'avais comme l'intuition que cela n'allait pas être du meilleur effet. S'en suivit un au revoir déchirant venant des larmes incessantes de ma meilleure amie. Prête à en découdre, je sortis de la chambre et demandais aux gardes de me conduire jusqu'à Nathanaël.

CHAPITRE 10

Les gardes m'emmenèrent dans les cachots, je ne fréquentais pas du tout cette partie du château. Cette ignorance était la bienvenue, j'aurais volontiers continué à ne pas connaître les sous-sols, cet endroit me donnait froid dans le dos. Je me serais cru dans un film d'horreur. La luminosité était très faible, seul quelques lanternes à la lueur vacillante permettaient de ne pas être entièrement plongé dans l'obscurité. Il faisait froid et humide, un liquide coulait le long des parois, dégoulinant sur le sol, éclaboussant à chacun de mes pas, j'espérais vivement que cela n'était que de l'eau.

Je crus être ici depuis des heures tellement le chemin était tortueux pour se rendre dans la cellule où ils avaient incarcéré Nathanaël. Soudain, j'eus presque pitié de lui, jamais je n'aurais aimé me retrouver prisonnière d'un tel endroit.

Une fois devant la cellule du prisonnier, les gardes

se postèrent de part et d'autre de la porte, montant la garde jusqu'à que je décide de retourner à l'air libre. J'avais à peine franchi le seuil de la porte, qu'une odeur de moisissure me monta au nez manquant de peu de me faire vomir. Il allait falloir que je m'habitue à cette abominable senteur le temps d'interroger le potentiel kidnappeur de mon père. Ce dernier était pieds et poings liés contre le mur, impossible pour lui de bouger d'un centimètre, on lui avait aussi enfilé une sorte de camisole afin qu'il ne puisse pas sortir ses ailes et potentiellement nous blesser avec. Une boule ce format dans ma gorge, allais-je réellement être en capacité de l'interroger ? Je n'avais jamais fait ça de ma vie… La peur commença à me gagner peu à peu, mon instinct me dit soudain que nous aurions éventuellement dû informer le conseil plutôt que se la jouer perso.

J'avalais ma salive et pris mon courage à deux mains, il était de toute manière trop tard pour faire demi-tour. Je rejoignis Mattéo qui était dans un coin de la cellule, il toisait Nathanaël avec fureur, je pense n'avoir jamais vu une telle lueur dans ses yeux, il lui en voulait. Il incarnait tout ce que Mattéo détestait : un démon dépourvu d'âme et de valeurs prêt à tout pour satisfaire ses intérêts. Nathanaël visiblement réveillé, regardait mon âme-sœur droit dans les yeux, ne se laissant pas démonter, il arborait un sourire narquois, comme si la colère de son rival l'amusait.

Personne ne parlait, l'atmosphère était tendue, soudainement celui qui était encore officiellement mon fiancé, planta son regard directement dans le mien. Troublé et légèrement terrorisée, je n'osais plus bouger. Cela le fit rire aux éclats : « Alors Princesse, c'est moi qui suis enfermé et c'est vous qui avez peur ? Voulez-vous que nous échangions nos places ? », il était on ne peut plus sérieux et me regardait avec défi. Si je me laissais démonter maintenant, une chose était sûre, il n'allait pas me prendre au sérieux et l'interrogatoire n'allait rien m'apprendre de constructif.

Je gonflais la poitrine pour me donner de la contenance et malgré l'air qui me brûlait la gorge, je réussis à lui dire : « Ma place est pour l'instant plus avantageuse que la tienne, je préfère qu'on se tienne là.

- C'est que tu commences à avoir de la repartie, tu commences à me plaire de plus en plus, même si habituellement, c'est plutôt moi qui attache mes partenaires. Dit-il d'une voix graveleuse.

- Et si on parlait plus tôt de ce pour quoi, tu es là ? Tes relations sexuelles ne m'intéressent pas le moins du monde.

- Tu as tort pourtant, je suis sûr que tu aimerais pourtant, c'est un domaine dans lequel j'excelle. »

Il eut à peine eu le temps d'achever sa phrase qu'il reçut un coup-de-poing en pleine mâchoire de la part de Mattéo. Abasourdis-je ne sut plus quoi dire, Nathanaël crachat du sang par terre et son regard prit la couleur d'un brasero enflammé en posant son regard sur Mattéo : « Touche-moi encore une fois l'angelot et je te fais bouffer tes ailes ». Je n'avais en aucun cas vu Mattéo avoir recours à la violence en dehors de son rôle de gardien, certes, je l'avais vu tuer des hommes juste devant mes yeux, mais à ce moment-là ma vie était en danger. Il n'avait jamais eu recours à la violence gratuite, même si Nathanaël le méritait probablement, nous avions seulement commencé à discuter. « Mattéo calme-toi, je t'en prie, laisse-moi faire pour le moment » lui dis-je mentalement. Voyant dans mon regard qu'il m'avait fait peur, il recula l'air désolé.

Notre échange muet n'avait pas échappé au prisonnier. Il laissa échapper un ricanement

« j'étais sûr que vous étiez particulier l'un pour l'autre, mais des âmes-sœurs, je ne m'en serais pas douté un instant, voilà pourquoi malgré tous mes avertissements, tu n'as pas su te tenir à l'écart. Sans toi dans les parages, mon plan aurait été parfait ! Je commence à en avoir assez des contretemps.

- De quel plan tu parles ? Enchainais-je.

- Tu ne crois quand même pas que je vais te le dévoiler alors que j'ai encore un peu de chance pour que celui-ci aboutisse ? Sourit-il

- Je ne vois pas comment tu pourrais exécuter ton plan en étant enfermé ici. Et si tu me disais plutôt qui tu es réellement et ce que tu as fait à mon père ?

- Qu'importe, si tu le souhaites, de toute manière cela n'influencera pas la suite des événements. Mon véritable nom est Samaël, fils de Caïn, Roi des enfers. Je suis né de l'union de l'ange déchu le plus puissant de l'univers et d'une démone. Ce qui fait de moi ton cousin en quelque sorte. Quant à ton père, tu le retrouveras seulement si tu m'épouses, c'est l'une des conditions.

- L'une des conditions, demandais-je, je n'ai reçu qu'un seul texto.

- La deuxième condition, je souhaitais te l'annoncer moi-même, pour que tu puisses retrouver ton père, tu devras me donner un enfant. »

Il commença à rire, un rire satanique qui me glaça le sang, je compris enfin où il voulait en arriver. Dans son plan, l'enfant qui naîtrait de notre union aurait de tels pouvoirs qu'il détruirait Mesa de Oro, laissant la terre au bon vouloir des démons. Mattéo comprit en même temps que moi. Alors qu'il allait se jeter à nouveau sur Nathanaël, nous distinguâmes un bruit sourd venant du couloir, comme un bruit de bagarre. Une minute plus tard, des gardes entrèrent dans la cellule où nous commencions à être à l'étroit.

L'incompréhension se lut sur nos visages, « mets-toi derrière moi » me dit mentalement Mattéo, sans me faire prier, j'obéis à son ordre. Devant moi, formant une barrière entre les gardes et moi, je sentis que chacun de ses muscles était en tension, prêt à bondir, à attaquer ou à me défendre. Son instinct comme le mien nous disait que quelque chose ne tournait pas rond. Je n'avais communiqué aucun ordre direct à la garde, quelqu'un était donc passé au-dessus de mon injonction.

En observant notre prisonnier, je vis qu'il n'avait rien perdu de son sourire ce qui me donna la chair de poule. Nous n'allions pas sortir de cette cellule en vie, j'en avais la ferme intuition. « Ce n'est pas trop tôt, j'ai failli attendre. Lança Nathanaël dans mon dos.

- Je suis désolé messire, nous avons été retarder par des gardes un peu trop loyaux à la couronne, nous avons dû faire un peu de ménage. » Lança l'un des gardes.

Mattéo se colla plus près de moi pour me protéger, il savait qu'il allait devoir se battre, mais nous étions cernés et nous ne faisons clairement pas le poids face à eux. Il bénéficiait de l'avantage du nombre, et était tous très entraînés contrairement à moi. Je compris nettement qu'une partie de ma garde avait décidée de commettre un coup d'état au profit de Nathanaël. Le fait de lui être marié ne suffisait visiblement pas, j'étais de trop dans le tableau qu'ils étaient imaginés. Une infime part de moi se dit que j'allais m'en sortir en vie, pour l'instant. Nathanaël avait été clair sur un point, il avait besoin de moi pour lui faire un enfant. Donc tant que cela n'était pas fait, j'aurais plus d'importance pour eux, vivante que morte.

Cela ne me réconforta qu'à moitié, évidemment j'étais contente de rester en vie, il me semblait que 18 ans étaient un âge excessivement peu élevé pour mourir. En revanche, qu'allaient-ils bien pouvoir faire de Mattéo ? Qu'adviendrait-il de mon père maintenant qu'ils n'avaient plus besoin de lui pour me faire du chantage ? Et dernière chose que feraient-ils de moi une fois que Nathanaël m'aurait violé afin qu'il obtienne ce qu'il voulait ? Je savais que nous allions tous mourir. Je ne savais juste pas quand.

L'un des gardes délivra le prisonnier qui se frotta les poignets afin de faire disparaître la douleur qu'avaient engendrée les chaînes. Lorsqu'il s'approcha ne nous, Mattéo déploya ses ailes afin de me dissimuler. L'intention était louable mais inutile, nous étions cernés, les gardes bloquaient l'unique sortie, l'affrontement était inévitable. En un clin d'œil, Mattéo sortit la dague dont il ne se séparait jamais. Les gardes firent de même et je me retrouvais face à un groupe armé jusqu'aux dents alors que je n'avais que mes poings pour me défendre. « Je te défendrai au prix de ma vie s'il le faut, je t'aime Rose ne l'oublie jamais » me dit télépathiquement Mattéo avant d'attaquer la garde entière.

À peine le combat avait-il commencé que ce fourbe de Nathanaël vint me rejoindre, je ne savais pas comment lui échapper. L'homme que j'aimais était en train de se battre pour moi, et une seule distraction pouvait lui coûter la vie. Il fallait que je me débrouille seule. Ma seule arme, c'étaient mes mots, et mon unique avantage était l'orgueil de mon adversaire. « Je vois que tu es fière de ton coup, je n'ai rien vu venir. Dis-je au démon qui se tenait face à moi.

- Je ne peux rien te cacher, j'aime quand un plan se déroule sans accroc. Maintenant, il me reste plus qu'à t'emmener avec moi. Tu verras, je t'ai dit que j'étais doué, je suis sûr que tu me remercieras, et même que tu en redemanderas. »
J'en avais la nausée, la confiance et la lubricité de cet homme, ne possédaient-elles donc pas de limite ?

Du coin de l'œil, je vis, contre toute attente que Mattéo s'était débarrassé de la moitié des gardes. Mon moment d'inattention me coûta ma liberté, Nathanaël en avait profité pour m'attraper dans ses bras puissants, m'arrachant un cri au passage. Il en était fini aussi de Mattéo qui distrait par la réaction se prit un coup sur la tête et fini à terre, assommé. « Non, laissez-le en vie, il pourrait me servir si

jamais la princesse est un peu trop récalcitrante. »
Les gardes obéirent, ils ligotèrent mon ange
gardien et l'emmenèrent. Je n'eus pas le loisir d'en
voir plus, car à mon tour, je reçus un coup violent
sur la tête qui me fit perdre connaissance. Nous
avions perdu la première bataille et nous étions
très mal engagés pour remporter la guerre.

CHAPITRE 11

Je ne sais pas pendant combien de temps, j'avais perdu connaissance. Bien trop de temps à mon avis, car ils avaient réussi à m'emmener hors du royaume. En effet, lorsque je repris connaissance, je fus tout d'abord assailli par l'odeur nauséabonde qui régnait dans l'air. Un mélange de soufre et de moisissure. Entre mon traumatisme crânien et l'odeur pestilentielle, je ne pus retenir mon déjeuner. Je ne me sentais guère mieux et maintenant s'ajoutait l'odeur du vomi aux autres senteurs.

Je ne pouvais rien distinguer par la vue, la pièce était plongée dans le noir le plus total. Il fallait donc que je fasse fonctionner mes autres sens. L'odorat était saturé et je ne me serais pas risqué à goûter quoi que ce soit. Il me restait l'ouïe et le toucher. Comme je ne discernais aucun son hormis ma propre respiration. Je décidais d'essayer de déterminer la superficie de la pièce. Il fallait en premier lieu que je trouve le mur le plus proche. Facile, je n'avais qu'à marcher tout droit ! Lorsque je fus arrivé au premier mur, je n'avais qu'à le suivre. Malgré ma répugnance à toucher le mur rendu visqueux par l'humidité de la pièce, je continuais à avancer, je fus vite stoppé, car la pièce faisait six pas de longueur et quatre de largeur. En revenant à ce que je pensais être mon point de départ, je heurtais quelque chose de mou. En me penchant pour examiner de plus près de quoi il s'agissait, je me rendis compte qu'il s'agissait d'un corps.

Prise de panique, je laissais échapper un cri. « Rose, c'est toi ? » Entendis-je. Je fus rassurée qu'il ne s'agisse pas d'un cadavre, puis tout à coup, je me rendis compte que je connaissais cette voix : « Papa ? Oui, c'est moi, oh papa, je suis si heureuse de te retrouver ! ». Je me jetais à terre pour le prendre dans mes bras.

- Je suis heureux de te voir aussi ma chérie, mais vas-y doucement, je pense que j'ai quelques côtes cassées, dit-il en geignant légèrement.

- Oh, pardon, dis-je en m'écartant de le lui, comment tu te sens ? Est-ce que tu vas bien ?

- Je vais du mieux que je peux dans la situation actuelle, ils m'ont frappé à plusieurs reprises pour que je leur dise où se trouvait le livre sacré. Mais j'ai tenu bon, je ne voulais pas qu'ils s'en prennent à toi. Mais visiblement, j'ai échoué.

- Non, papa tu n'as rien échoué du tout, c'était un coup d'état monté par mon fiancé. Enfin ex-fiancé, je pense que c'est plus approprié maintenant. Enfin bref, j'ai été attaqué au parc, la maison a été entièrement détruite par des démons et le livre a brûlé avec… Je suis désolée papa, mais il ne nous reste plus rien. Une larme perla sur ma joue. Je venais de me rendre compte que nous avions tout perdu.

- Ce n'est qu'une maison ma chérie, ce qui compte, c'est que tu sois en vie. »

Il trouva ma joue à tâtons, c'était l'un des premiers gestes de tendresse que nous échangions depuis des années, mon cœur se gonfla d'amour. J'aurais tellement aimé conserver ma vie insignifiante et paisible, cela aurait été plus commode. Mais cette facilité ne m'aurait pas rapproché de mon père. Même si j'avais conscience que c'était pour une courte durée, car j'étais certaine que mes jours étaient comptés, je bénissais la vie pour ce cadeau.

Un bruit assourdissant et une lumière aveuglante rompirent ce moment d'intimité père/fille. Bien avant que mes yeux n'aient pu s'adapter à la luminosité deux molosses, c'étaient jeté sur mon père et moi. Nous agrippant avec bien plus de poigne que nécessaire. Lorsque j'eus retrouvé l'usage de la vue, je pus distinguer qu'il s'agissait de démons, comme je m'en doutais. Ils me traînaient sur plusieurs mètres dans un dédale de galerie dont je n'aurais pas pu m'échapper seule. Le tunnel aboucha sur une arène gigantesque.

Je me serais cru dans la Rome antique, le décor y était reproduit à la perfection. Les gradins étaient disposés en cercle autour de la fosse. Les spectateurs étaient nombreux, les démons s'étaient déplacés en masse pour assister au spectacle. Dans la loge d'honneur, se trouvait Nathanaël, malgré le fait qu'il se trouvait trop loin pour distinguer les détails de son visage, Rose était persuadé qu'il souriait. À sa gauche se trouvait une autre personne que je ne connaissais pas. Comme il se trouvait sur un trône, je supputais qu'il ne pouvait s'agir que de Caïn, ce qui me fit froid dans le dos.

En détournant le regard, je regardais plus attentivement ce qui se passait au mieux de l'arène. À cet instant, j'ai cru que mon cœur allait exploser face à l'spectacle épouvantable qui se déroulait devant mes yeux : Mattéo enchainé, était pendu au-dessus du vide, tel le Christ sur sa croix. « Mattéo ! Matteo, tu m'entends ? Hurlais-je mentalement.

- Oui princesse. Je suis content de t'entendre enfin. Répondit-il »

Je fus soulagé qu'il soit vivant, mais pour combien de temps. Je savais que s'il était là, c'était pour m'atteindre, Nathanaël me connaissait mieux que je l'aurai souhaité. Je lui jetais un regard noir et ce dernier pris son envol et vint se poser au centre de la fosse, puis il prit la parole : « Peuple démoniaque, j'ai l'honneur de vous présenter la princesse de Mesa de oro ! » Suite à son annonce, il y eut un tonnerre d'applaudissement. Plus mal à l'aise que jamais j'aurais aimé retourner dans ma cellule crasseuse. Nathanaël s'approcha de moi, le démon qui me tenait s'inclina, ce respect absolu me fit peur. Je ne doutais plus que sa moindre demande soit exécutée par son peuple. J'étais tétanisée par la peur, impossible de bouger le petit doigt, même lorsqu'il me prit par la taille. « Une fois que nous aurons mis au monde le fruit de notre amour (des milliers de rire résonnèrent à l'unisson) celui-ci nous aidera à engloutir la terre dans le chaos le plus total ! » Sur ces mots, il m'embrassa à pleine bouche. Le bruit de la foule étouffait le moindre bruit, mais je sentais que l'esprit de Mattéo était agité, il bouillonnait de rage.

Quand il me lâcha enfin, je lui dis « tu peux toujours rêver pour que je couche avec toi, je préférerais mourir en protégeant mon peuple et la terre.

- Je me doutais que tu aurais cette réaction mon ange. (Ce surnom dans sa bouche me donna la nausée.) Mais ne t'inquiète pas, j'ai tout prévu.

Il claqua des doigts et Mattéo reçu un coup de fouet de la part d'un des sous-fifres des enfers. Le cri de souffrance de mon âme-sœur me brisa le cœur. À nouveau un sourire malsain apparu sur son visage, il ne faisait pas cela par devoir, cela lui procurait un plaisir incontestable. « Je te préviens chaque réponse de ta part qui ne me convient pas et ton petit ami en subira les conséquences. Le ton de sa voix était ferme et ne laissait aucune place à la négociation.
- D'accord, je ferais ce que tu me demandes, mais

à la condition que tu relâches mon père et Mattéo. Lui répondis-je. »

Mon affront ne lui plut visiblement pas, car il y eut un nouveau claquement de doigts et le cri de Mattéo fendit à nouveau l'arène sous les applaudissements de la foule. « Arrête ! Hurlais-je. D'accord, je vais le faire, mais je t'en supplie arrête.

- J'adore quand tu me supplies, me murmura-t-il à l'oreille, peut-être que je devrais m'amuser encore un peu avec toi, tu as cédé un peu trop vite à mon goût. »

Vaincue, je tombais les genoux au sol, les larmes ruisselants sur mes joues. J'aurais voulu être plus forte, pouvoir sauver mon père et Mattéo, détenir la certitude que mon abdication les sauverait tous les deux. Malheureusement, avec les démons, on ne peut jamais être sûr de rien, leurs paroles n'ont aucune valeur. Et comme si l'idée de mon sacrifice n'était déjà pas suffisamment dure à porter Mattéo fis parvenir ses pensées « *Ne fais pas ça Rosalie, je t'en prie. Ne te préoccupe pas de moi. Ta vie est plus importante que la mienne, pense à ton père, mais aussi à ton peuple qui a besoin de toi ! Sans toi ma vie n'aurait plus aucun sens, alors s'il te plaît ne te sacrifie pas pour moi. »*

Ma raison s'avait que ce qu'il me disait était la bonne chose à faire, deux vies contre toutes celles de l'humanité représentaient un prix minime à payer. Mais mon cœur avait pris le dessus, il m'était tout bonnement impossible de me résoudre à les laisser mourir ici.

Soudain une voix caverneuse et puissante venant de la tribune d'honneur dit « Samaël, cesse tes enfantillage, féconde-la qu'on en finisse, je n'ai pas toute l'éternité pour te regarder ». Caïn avait donné un ordre, l'assemblée, c'était tu, attendant la suite. Nathanaël, piqué dans son orgueil pas la petite pique de son père, s'approcha de moi. Je n'en revenais pas que mon viol serait public. Résignée, j'attendais que tombe sur moi ma triste destinée.

Mais lorsque mon agresseur fut tout prêt de moi deux voix crièrent à l'unissions : « NE LA TOUCHE PAS OU JE TE TUE ». C'étaient les deux hommes de ma vie : Mattéo et mon père. J'étais à la fois heureuse de les entendre et très inquiète pour eux, car ils venaient de signer leur arrêt de mort. Alors que Nathanaël, plus en colère que jamais, s'approchait de mon père pour lui asséner le coup de grâce, Mattéo hurlait à la mort sous les coups des démons. Je pris mon courage à deux mains afin de les sauver et lançai :

- Bon Nathanaël, c'est pour aujourd'hui ou pour demain ? J'aimerais volontiers qu'on en finisse avec toute cette histoire de destruction de la planète. Donc comme l'a dit ton père, si on pouvait faire ça vite ça m'arrangerait.

Mes mots le déstabilisèrent complètement et il ne savait apparemment pas quoi répondre. Fort heureusement, mon plan fonctionna, car il laissa mon papa tranquille pour venir me rejoindre. De plus, je n'entendais plus Mattéo, ces bourreaux, c'étaient certainement arrêtés pour admirer le spectacle. Une fois le démon assez près de moi je rassemblais toutes mes forces et je réussis à lui dérober son épée et à m'envoler en une fraction de seconde sous le regard courroucé de mon tortionnaire. Je rejoignis Mattéo le plus vite possible, sous le regard médusé de la foule. Caïn lui n'avait pas bougé, il abordait toujours la même expression de profonde lassitude. Avec la vitesse que j'avais accumulée, l'épée n'eut aucun mal à fendre les chaînes qui détenaient mon âme-sœur prisonnier.

Enfin libre de ses mouvements, je lui donnais l'épée, il savait nettement mieux que moi comment s'en servir. « Attrape mon père et trouve la sortie, il est trop lourd pour moi, lui suppliais-je.
- Mais, et toi ?
- Ne t'inquiète pas pour moi, je vous suis de prêt. »

Pendant notre bref échange, les démons avaient retrouvé leurs esprits et leurs armes. Les flèches et les lances commençaient à fuser autour de moi. Je perdais du temps à esquiver tous ces projectiles, je voyais déjà Mattéo loin dans le ciel, s'approchant inexorablement de la lune rougeoyante. Une partie du peuple démoniaque, c'était alors lancé à ma poursuite. Je volais le plus vite possible et j'arrivai près de la lune. Les démons toujours à mes trousses gagnaient de plus en plus du terrain, j'avais l'impression que je n'arriverais jamais à passer le portail qui menait à la terre tellement, le temps passait lentement. Soudain, comme à Mesa d'Oro, je fus aspiré comme dans un trou noir pour ressortir sur Terre. Je ne savais pas où j'étais, par chance, il faisait nuit, je n'avais qu'à prendre la direction de la lune, car je savais que cela me mènerait directement dans mon royaume, en sécurité.

Malheureusement, ils étaient coriaces et me

poursuivaient toujours, apparaissant, eux aussi, du royaume de Caïn. J'étais à deux pas de la lune et du portail qui me mènerait au royaume quand je vis les démons attaquer tous en même temps ! Dans un dernier espoir de m'attraper, ils avaient tous lancé ce qu'ils avaient en main. Quand je fus aspiré une seconde fois et que je vis le palais, je fus soulagé d'être enfin en sécurité et d'avoir pu sauver tout le monde.

J'étais au beau milieu du ciel, la vue était superbe, l'aurore commençait à apparaître. Teintant le ciel de nuances roses et orangées. D'un seul coup, je me sentis épuisée, et douloureuse. Un point dans le dos et dans ma poitrine, me fit particulièrement souffrir. C'est alors que mes ailes ne me répondirent plus, me faisant de fait tomber en chute libre. J'avais terriblement froid, mes vêtements étaient trop légers pour l'altitude. C'est à ce moment que je remarquai l'une des lances que les démons venaient de me lancer avait réussi à me toucher en plein cœur. Mes forces me quittaient petit à petit, je me vidais de mon sang et ma vue commençait à se brouiller peut-être à cause des larmes qui coulaient sur mon visage voyant la mort arriver vers moi, car j'allais inévitablement m'écraser au sol.

La vitesse de ma chute augmentait considérablement au fur et à mesure que le sol se rapprochait, sans que je puisse faire quoi que ce soit. Ma blessure devait être vraiment grave, car mon corps ne me répondait plus, seul mon esprit subsisté. Mais grâce au ciel, ma mort ne fut pas violente, quelqu'un avait visiblement réussi à me rattraper, m'évitant un choc brutal avec le sol. Je savais que c'était Mattéo, je le reconnaîtrais entre mille même si à cet instant ma vue me faisait défaut, elle se faisait de plus en plus floue. Il tenta d'extraire l'arme qui me traversait la poitrine, mais c'était une douleur tellement insupportable que je le suppliais de la laisser, je continuais à me vider de mon sang, sachant que la mort allait bientôt m'emmener loin de ceux que j'aime le plus au monde. Je sentis de l'eau couler sur mon visage et j'avais encore assez de raison pour comprendre que c'était Mattéo qui pleurait : « Je suis désolée, Rosalie, je n'ai pas su te protéger ! Ses sanglots firent monter mes larmes. J'utilisais mes dernières forces pour lui dire :

- Ne dis pas ça Mattéo, tu m'as très bien protégé, c'est moi qui ai joué les sauveuses du dimanche. Comme j'ai toute confiance en toi, je te confis mon père et Mesa de Oro.

- Mais Rosalie...

- Laisse-moi finir, je t'en prie, je n'en ai plus pour longtemps. J'ai fait ce que je devais faire, nous avons sauvé mon père et la terre. Mattéo, je sais que tu m'aimes, mais je peux à présent partir tranquille. Et sache que je t'aime aussi pour toujours... »

Je ne pus terminer ma phrase, car parler me demandait trop d'efforts, mes forces me quittaient inexorablement, je regardais l'homme de ma vie dans les yeux jusqu'à que la mort me ramène auprès de ma mère. Contrairement à ce que je pensais, la mort était paisible, j'eus l'impression de m'endormir, ce qui me fit le plus de mal, ce fut le cri de douleur que poussa Mattéo au moment où la vie déserta mon corps.